# 行走在非洲丛林

ZWISCHEN WASSER UND URWALD

典藏版

[德] 阿尔伯特·史怀哲 著

罗玲 译

外语教学与研究出版社

北京

图书在版编目（CIP）数据

行走在非洲丛林：典藏版 ／（德）阿尔伯特·史怀哲著；罗玲译. —— 北京：
外语教学与研究出版社，2024.1
书名原文：Zwischen Wasser Und Urwald
ISBN 978-7-5213-5016-6

Ⅰ. ①行… Ⅱ. ①阿… ②罗… Ⅲ. ①游记－作品集－德国－现代 Ⅳ. ①I516.65

中国国家版本馆 CIP 数据核字 (2024) 第 007357 号

封面图片来源：视觉中国

出 版 人　王　芳
项目策划　刘雨佳
责任编辑　郭思彤
责任校对　白小羽
封面设计　水长流文化
版式设计　覃一彪
摄　　影　齐七郎
出版发行　外语教学与研究出版社
社　　址　北京市西三环北路 19 号（100089）
网　　址　https://www.fltrp.com
印　　刷　天津善印科技有限公司
开　　本　810×920　1/16
印　　张　12.5
版　　次　2024 年 1 月第 1 版 2024 年 1 月第 1 次印刷
书　　号　ISBN 978-7-5213-5016-6
定　　价　59.00 元

如有图书采购需求，图书内容或印刷装订等问题，侵权、盗版书籍等线索，请拨打以下电话或关注官方服务号：
客服电话：400 898 7008
官方服务号：微信搜索并关注公众号"外研社官方服务号"
外研社购书网址：https://fltrp.tmall.com

物料号：350160001

# 译本序

　　这是一本出自伟大的人道主义者、苍生大医史怀哲之手的早期生活自传，记叙的是一个世纪前（1913年~1917年）发生在非洲丛林里的关于生命救助的故事。这段历史只是人类文明史上的短短一页，但是，史怀哲瑰丽的生命光辉、高于常人的精神海拔以及臻于纯粹的高洁灵魂，使他的魅力穿透历史，令人忍不住踮起脚尖，轻轻走进他的生命深处，与他做一次关于生命意义的对话。

　　由于作者的谦逊以及写作与出版

的"早产"，书前书后，作者不曾有过丝毫的自我标榜。其实，在近代欧洲文化史的星空里，史怀哲是一颗不折不扣的璀璨明星，他的书（《敬畏生命》）与他的学说（敬畏生命的伦理学）早已成为学术经典，他位于非洲腹地的墓庐已成为全世界医生与慈善家前往朝拜的精神圣地。

史怀哲是一位多才多艺的天才，真正的博学家，25 岁时就获得了哲学博士和神学博士两个博士头衔（他一生中共获得了九个博士学位）。他还是一位杰出的管风琴演奏家，多次在欧美做巡回演出；他关于巴赫的著作是巴赫研究领域的权威。论家世和身份，他是法国著名哲学家让 - 保罗·萨特的表舅，是德意志联邦共和国第一任总统特奥多尔·豪斯的证婚人，他与文坛大师罗曼·罗兰、茨威格以及科学巨匠爱因斯坦因为早年的友谊成为终身的朋友。史怀哲于 1952 年获得诺贝尔和平奖，除此之外，他还获得过德国科学与艺术最高奖、巴黎市金质奖章、英国功绩勋章和哥本哈根森宁奖，并把所有的奖金用于修建非洲丛林里的麻风病房与添置医疗设备。

1905 年，30 岁的史怀哲决计放弃已有的一切去非洲行医。经过八年的医学训练并获得医学博士后，1913 年，他携妻成行，去了今加蓬共和国的兰巴雷内地区。他一去不悔，服务非洲人民近50年，最终以90岁的高龄长眠于当地的一片棕榈树林里。他在非洲长夜的油灯下写下两部传世之作——《敬畏生命》与《中国思想史》。

在史怀哲看来，在探索生命意义的过程中，仅凭科学、技术方面的知识与实践是无法进入"纯粹"的疆域的，甚至不能给人类带来有益的东西。医学的真谛是对苦难生命的拯救与呵护，医者一定要有人道情怀和道德魅力，不能只是技术高手；医疗一定要有慈善底盘，不可被技术与商业裹挟，一味去争当技术中心与盈利中心。

1913年，史怀哲作别欧洲时，人们向他投来疑惑不解的目光，几十年后，人们感喟他心智敏睿，成功地躲开了两次世界大战的中心地带（他离开一年后的1914年爆发了第一次世界大战，1939年又爆发了第二次世界大战，不过，二战波及非洲，史怀哲也曾受到过监禁）。

1952年，在史怀哲荣获诺贝尔和平奖时，他的朋友爱因斯坦曾发表了这样的评论："仅凭知识和技术并不能给人类的生活带来幸福和尊严。人类完全有理由把高尚的道德标准和价值观的倡导者与践行者置于客观真理的发现者之上。"这是在变相质疑诺贝尔奖评委会为何不给史怀哲颁发诺贝尔生理学或医学奖——他用简单易行的办法治愈了大量麻风病人并控制了麻风病的蔓延，他解读了医学伦理学的真谛：由敬畏导向悲悯与慈爱。爱因斯坦这样解读史怀哲的精神世界："引导科学和艺术发展的最强大的动机是为了逃避世俗生活的可怕的粗俗与凄凉的乏味，是为了摆脱变化无常的欲望的锁链。"

如何解读史怀哲一生的"傻"（苦行）与"痴"（执着）？德国近代思想家马克斯·舍勒的人生位序说为我们提供了破解谜团的视角。舍勒曾经将人的生命价值分为五个层级，他认为人生要迈上五个台阶：第一个台阶是感官，知晓温暖、适意、愉悦（存在与感觉的初萌）；第二个台阶是效用，明白得失、利害的商业算计（存在与物欲价值的启蒙）；第三个台阶是生命感悟，认知健康与病弱、死亡的幻灭（存在与生命意识的萌生）；第四个台阶是精神发育，心灵感受中有了羞耻、恻隐等意识，体验到敬畏、悲悯和崇高的召唤（存在与意义的诞生）；第五个台阶是灵魂安顿，神圣居于精神海拔的巅峰，是人类生命所能企及的最高价值，在这里，神圣性与非神圣性（世俗）之别是灵魂高下的镜鉴，感悟神圣、安顿灵魂是生存价值的最高升华与最终抵达。许多人终生奋斗还只是在第一、第二、第三个台阶上盘桓，而史怀哲无疑是为数不多的迈上五个台阶、抵达生命彼岸的强者。

如今，史怀哲的时代已经渐行渐远，科技昌明，财富充盈，网络发达，把人生的第一、第二个台阶大大地拓展开来，然而，向更高的人生位序进发仍然是每个现代人应当努力的方向，在这个意义上，了解史怀哲，阅读史怀哲，将对我们的精神生活大有裨益。

王一方（北京大学 教授）

对于那些

在这部著作的写作过程中

帮助过我的朋友们，

无论逝者还是生者，

均深表感激

# 目　录

# 1 我决定到遥远的原始森林里做一名医生的缘由以及奥果韦河流域的土地和人们

## 1.1 故事的开端

当年我从斯特拉斯堡大学辞职，放弃写作和管风琴艺术创作，就是为了奔赴赤道附近的非洲大陆，做一名医生。我为什么会做出这个决定呢？

此前，我读过一些文章，了解到原始森林里的原住民缺医少药，长年累月地受疾病困扰。这些情况，我也从传教士那里听到过。关于这些情况，我思考得越多，就越觉得不可思议。给原始森林的原住民提供医疗资助，这是基本的人道精神。但为什么我们欧洲人对这个伟大的人道主义目标关注如此之少，甚至漠不关心？圣经中的财主和乞丐拉撒路的故事讲的似乎就是我们欧洲人和原始森林的原住民。我们欧洲人就是财主，随着医学的进步，我们掌握了很多对抗疾病的知识和方法。我们将这笔财富带来的巨大优势视作理所当然。而在殖民地却生活着很多穷苦的拉撒路，那些非洲人在没有医疗资源的情况下承受着和我们同等，甚至更多的疾病和痛苦。为什么财主对屋门前的乞丐毫无同情之心？因为他并没有设身处地为乞丐着想并感同身受。我们就是财主这样的人。

我认识到，欧洲国家政府给殖民地国家派遣的几百名医生仅仅能够完成艰巨任务的很小一部分，因为他们大部分人的首要任务是给白人殖民者和军队提供医疗服务。我们的社会必须把这种人道主义使命视为己任，对于整个社会而言，现在是时候支持和资助大量志愿者医生，并将他们派往世界各地，为当地人做出贡献了。作为文明人的我们，只有在这样做之后才会开始意识到并履行我们对白人以外的人种应尽的责任。

在以上这些思考和认识的驱动下，已经 30 岁的我决定开始学习医学并尝试将我的理想付诸实践。1913 年初，我获得医学博士学位。同年春天，我和已经学会医学护理的妻子来到赤道非洲附近的奥果韦河，开始实践工作。

我之所以选择这个地区，是因为在这里任职的巴黎福音传道会的阿尔萨斯传教士告诉我，由于昏睡病不断蔓延，当地非常需要一名医生。传道会还表示愿意为我提供一栋位于兰巴雷内市的房子，允许我在教会的土地上为黑人建立一所医院，并且承诺向我提供力所能及的帮助。

尽管如此，我还是必须自己筹集建立医院的资金。我把出版研究巴赫的学术著作所挣的稿费（这本书以德、法、英三种语言出版）和举办管风琴音乐会挣来的资金都投入到了这里。在这个意义上，莱比锡的圣托马斯乐长——巴赫——本人也为我在这片原始森林里建立这所为黑人服务的医院提供了帮助。此外，来自法国阿尔萨斯、德国和瑞士的社会各界的朋友们也为医院的建立踊跃捐款。当我离开欧洲的时候，我筹到了两年的经费，每年的费用我估算为 15,000 法郎（往返费用不计算在内）。事实证明，预算基本准确。

按照自然科学的表达方式，我所筹建的医院与巴黎福音传道会是共生的。然而，它本身是超越教派且无国界的。不管是当时还是现在，我个人都坚信，不能把人道主义任务归属于一个特定的国家或宗教，世界上所有的人都有义务从事这项伟大的事业。

斯特拉斯堡无私的朋友负责管理图书和置办货物，打包的箱子和行李连同巴黎传道会的物品一起运往非洲。

## 1.2  医院的建立及奥果韦河流域的情况

我大概介绍一下当时工作的那片土地——奥果韦河流域。奥果韦地区隶属加蓬殖民地。奥果韦河大约有 1,200 公里长，流经加蓬北部，与刚果河平行。奥果韦河虽然比刚果河小得多，但它是加蓬境内最大的河流。奥果韦河的下游宽度可达 1,000 至 2,000 米，在其下游距末端 200 公里处，奥果韦河分裂成多条支流，这些支流最终在洛佩斯角湾汇入大西洋。从海岸到恩乔莱，可以乘大型轮船上溯 350 公里。奥果韦河流经丘陵和山丘，最终深入非洲高原。一系列又长又湍急的通航河道在这段区域可谓是"九曲十八弯"。在这段区域，只有专门设计的螺旋桨船或者当地特有的独木舟才能通航。

相比于其中游和上游交替出现的草原和丛林，从恩乔莱开始，奥果韦河下游则只有河流和原始森林了。

这种潮湿的低地非常适合种植咖啡、胡椒、肉桂、香草和可可。当然，油棕在这里生长得也不错。但是，欧洲人在奥果韦地区的主要工作并不是种植作物，也不是在丛林中提取橡胶，而是进行木材贸易。奥果韦河给欧洲人的木材贸易提供了一个巨大的优势，其入海口没有被沙洲分割，也没被大浪吹散，因此不仅可供大型轮船通航，而且可供大型轮船毫无障碍地停靠。在非洲西海岸，这样的入海口兼海港实属难得。这一切给木材的装运提供了极为便利的条件。可见，在未来，木材贸易仍将是这片领域的主要产业。

极为可惜的是，在奥果韦河的下游流域不能种植土豆和小麦，因为它们会在温暖湿润的空气里疯长，结果是土豆向上蹿得很快，却不结块茎，小麦也不结穗。由于种种原因，在这儿栽培水稻也是徒劳的。在奥果韦河下游，也养不了奶牛，因为它们消化不了这里疯长的野草。继续深入，进入上游，到达中央高原地区，畜牧业才得以发展。

因此，面粉、大米、牛奶和土豆必须从欧洲进口。奥果韦地区的生活因而变得复杂，生活成本也有所增加。

兰巴雷内市位于赤道以南，季节更替与南半球一致。因此，当欧洲是夏季的时候，那里是冬季；欧洲是冬季的时候，那里是夏季。当地的冬季从 5 月下旬持续到 10 月初，其特点是干燥无雨；当地的夏季则是多雨的季节，从 10 月初持续到 12 月中旬，再从 1 月中旬持续至 5 月底。圣诞节前后的三四个星期是持续的干旱季，也是最热的时候。

雨季期间，兰巴雷内市树荫下的平均温度大约为 28 至 35 摄氏度，干燥的冬季为 25 至 30 摄氏度。夜晚几乎和白天一样热。这种温度和极高的空气湿度导致欧洲人难以适应奥果韦地区的气候。欧洲人来此一年后，身体就会出现极为严重的疲劳和贫血症状。两三年后，他们就不能再应付正常的工作，最好的恢复方式就是返回欧洲休整至少八个月的时间。1903 年，加蓬首都利伯维尔的白人死亡率达到近 14%。

## 1.3  欧洲人在奥果韦地区的生活史

一战前夕，在奥果韦河流域居住着大约 200 名白人，包括种植园主、木材贸易商、小商贩、政府官员和传教士。当地人的数量很难统计，但这儿肯定不是人口稠密地区。这里的原住民都是原先的八大部落的后代。奴隶贸易和烈酒曾猖獗肆虐三个世纪之久，使这里的人口大幅减少。曾坐落在奥果韦三角洲的奥贡古部落，现在几乎荡然无存。位于兰巴雷内地区的加洛瓦部落，目前最多还剩 80,000 人。这里分化出了仍未接触文明的部落，法语称之为帕豪英人，他们有食人的习俗。兰巴雷内河构成了帕豪英人和其他部落在奥果韦河流域的分界线。

15 世纪末，葡萄牙人发现了加蓬。1521 年就已有天主教传教士在奥果韦河和刚果河入海口之间的沿海地区定居。1578 年，一名叫作奥多阿尔多·洛佩斯的传教士来到这里，洛佩斯角湾的名字由此而来。[1] 在 18 世纪，耶稣会会士在沿海地区拥有大型种植园和成千上万的奴隶。白人商人则广泛分布在内陆。

19 世纪中叶，法国人和英国人联合缔结反对奴隶买卖条约，共同对抗非洲西海岸的奴隶贸易。1849 年，他们选择洛佩斯角湾北部的海湾作为海军基地，同时将其作为解放奴隶的安置点，并将这里命名为利伯维尔（意为自由之地）。欧洲人那时并不知道，有数条狭窄的水道从四面八方注入洛佩斯角湾，它们源自一条大河——奥果韦河。沿海的黑人为了把内陆的贸易掌握在自己

---

1　传统认为洛佩斯角湾得名于葡萄牙探险家洛佩斯·贡萨尔维斯，他于1474年抵达洛佩斯角湾。史怀哲此说法无从考证。——编者注。——下文如无特殊说明，均为编者注。

手中，对白人隐瞒了这些信息。1862 年，法国塞瓦尔少尉带领军队从利伯维尔向东南行军的途中，在兰巴雷内附近发现了奥果韦河，然后他从洛佩斯角湾所处的下游开始向上游探索。后来，当地的酋长不得不因此承认了法国对奥果韦河的保护权。

德布拉柴在 19 世纪 80 年代试图在从海岸到刚果河的通航路段中寻找最方便的贸易路线，他相信这条贸易路线应该在奥果韦河流域，因为奥果韦河在斯坦利湖西北方向 200 公里处，和刚果河的通航支流阿利马河只隔着一条狭窄的分水岭。他还成功地利用奥果韦河把一艘可以拆卸并通过陆路运输的轮船运往刚果。但是由于奥果韦河上游水流比较湍急，贸易很难开展。此外，1898 年建成的比属刚果铁路马塔迪至布拉柴维尔路段，使得奥果韦河作为进入刚果的通道变得更加不可能。在今天，这条铁路仅被用作进入未开发的刚果山区腹地的交通路线。

第一批来到奥果韦地区的新教传教士是美国人，他们在 1860 年前后来到这片流域。然而，由于他们无法满足法国政府用法语授课的要求，巴黎传教会接替了他们的工作。新教传教会现今有四个站点：恩戈莫、兰巴雷内、萨姆基塔和塔拉谷哥。恩戈莫距离海岸约 200 公里，其他各站点依次向上游延伸，相互间隔 50

公里。塔拉谷哥位于风景如画的岛上，位于恩乔莱附近，恩乔莱也是航运的终点。

通常每个站点由一名未婚传教士、两名已婚传教士以及一名女教师组成。如果不把孩子计算在内，站点通常有五六个人。[1]

天主教会在这片区域有三个站点：一个在兰巴雷内，一个在恩乔莱，一个在奥果韦河最大的支流恩古涅河河岸的桑巴镇附近。每个站点一般配备 10 名白人，通常是三名牧师、两名修道士和五名修女。

政府的区域首领分布在洛佩斯角湾、兰巴雷内、桑巴和恩乔莱。在该地区有 500 名黑人警卫军。

这就是我生活的土地以及生活在这里的人们。作为原始森林的医生，我与他们相处了四年半。战争爆发前，每隔六个月我都会在兰巴雷内把这些笔记写好，并打印出来，以信件形式寄给我的朋友们和资助者们。战争期间无法通信，因此我就把这期间接触到的社会和宗教问题写成札记，自己保存。我会根据这些报告和札记，把所见所闻如实告诉大家。

---

1 五六人应包括已婚传教士的配偶。

# 2 旅程

兰巴雷内，1913年7月初

## 2.1 从孚日山脉到洛佩斯角湾

　　我的家乡格斯巴赫村庄坐落在孚日山脉上。离别之时是某个星期五的下午，教堂的钟声敲响了，这钟声宣告着耶稣受难日的礼拜仪式的结束。这时，火车从森林拐角处缓缓驶来。我的非洲之旅即将开始，是时候与大家说再见了。我们站在最后一节列车的站台上，回望最后一眼。教堂的尖顶在树林间隐隐浮现，我什么时候才能再次见到它呢？第二天，当斯特拉斯堡大教堂在视线中渐渐消失的时候，我们才意识到自己已经远离了家乡。

周日复活节那天，我们来到巴黎，再一次参加圣·叙尔皮斯教堂的管风琴演出，并聆听了我们的朋友维多尔的精彩演奏。下午两点钟，我们在奥赛码头的地下火车站登上列车，启程驶往波尔多。旅程很愉快，到处都是庆祝节日、盛装打扮的人们。阳光普照下，伴随着教堂礼拜的钟声，火车在春风中隆隆飞驰。这是一个梦幻般美丽的复活节。

去往刚果的汽船并未从波尔多出发，而是从波亚克出发。火车朝大海方向继续行驶了一个半小时后到达波亚克。我本应该在波尔多海关将之前托运的大行李提出来，可因为是复活节，波尔多海关放假了。一个官员发现了我们的窘迫，为我们减免了一些手续，使我得以随身携带我的箱子。在当时的情况下，如果不是他帮忙，周二一天的时间通关肯定是不够的。

在最后一刻，我们乘坐两辆汽车，带着我们的行李来到海滨火车站。在那里，要乘船从刚果前往波亚克的旅客乘坐小火车赶往码头，当时火车已经哧哧地冒着蒸汽准备出发了。在众人的帮助下，我们终于在车厢里安顿下来，那种兴奋的感觉真是难以描述。

　　火车警卫吹响了哨子，派往殖民地的士兵坐上了他们的座位。小火车驶出郊外，我们放空思绪，沉浸在周围的美丽景色中：蔚蓝的天空、温和的空气、欢快的河水、盛开的金雀花、吃草的牛……一个半小时后，列车在成堆的货物和行李箱中间停下来。我们距离轮船仅一步之遥了。海岸上浑浊的海水来回拍打着岩石。船的名字是"欧洲号"，许多人呼喊着，推挤着，向提行李的人们招手。人们互相推来搡去，直到从一块窄小的跳板登上船，然后按照自己的名字找到客舱的号码。我们宽敞的客舱位于船的前部，远离发动机，位置很好。我们要在这里住上三个星期。

　　几乎没有时间洗手，就要吃午餐了。我们与几位官员、一名随船医生、一名军医以及两位刚度完假返回丈夫所在殖民地的官员夫人共享一张餐桌。我们不久便得知，这些人都已经去过非洲或者其他殖民地了。似乎只有我们是可怜的新手。我不禁想起了母亲每年夏天都会从意大利家禽商贩那里购买几只鸡，一开始的几天，这些鸡都会表现出很胆怯的样子。同船的旅客充沛的精力和坚定的表情，给我留下了深刻的印象。由于船还需要装载大量货物，所以我们第二天下午才正式出发。在多云的天空下，船渐渐驶离吉伦特。夜幕降临时，船身四周波涛汹涌，这表明我们已经位于大海之中了。9点钟时，来自海岸灯塔的最后一点闪烁的微光也消失了。

船航行到比斯开湾的时候，有旅客开始讲不吉利的话。在餐桌上，坏消息传遍每一个人。果然在启程后第二天，风暴就来临了。船就像一匹巨大的旋转木马一样在海浪中来回摇摆，两侧的海浪嬉笑着把船轻松地推来摇去。在巨大的海浪中，我们乘坐的刚果汽船比其他远洋船只摇摆得更为剧烈，因为为了使轮船在不同的水位都能驶进马塔迪港口，船底相对于船的体积而言设计得特别浅。

作为航海旅行的新手，我忘了用绳索把两件行李固定起来。夜里，它们开始撞来撞去，吮吮作响。可想而知，放头盔的大箱子翻滚得尤其厉害。当我试图去抓住箱子时，我的一条腿被夹在了来回摇晃的行李箱和舱壁之间，险些被压坏了。我只好对它们置之不理，安心地爬上自己的舱铺，计算每次船体摇晃和行李相撞的时间间隔。隔壁的船舱也发出同样的声音，厨房和餐厅里的餐具、玻璃杯也在相互碰撞。第二天早餐的时候，乘务员教给了我固定行李箱的正确方法。

　　暴风雨持续了三天，丝毫没有减弱。在这种情况下，人们根本无法在船舱和餐厅站着或坐着。摇晃的船体使船舱里的人们东倒西歪，有些人还因此受了重伤。周日，厨师无法再用炉灶做饭，所以旅客们只能吃冷食。当船航行至特内里费岛时，风暴总算过去，海面回归平静。

　　我非常期待看到这个岛屿的样子，因为人们对它赞誉有加。但我睡过了头，醒来的时候，船都已经驶入海港了。船锚刚刚抛下，船身就被煤仓包围。仓里的一袋袋发动机的粮食通过舱口源源不断地被运上船。

　　特内里费岛坐落在海边陡峭的山坡上，岛上建筑精美，具有典型的西班牙风格。该岛盛产农作物，可以为整个非洲西岸供给土豆，并为欧洲提供时鲜蔬菜和香蕉。

　　将近3点的时候，船重新起锚出发。我站在船身前端清晰地看到，锚离开海底，从清澈的海水中被慢慢拉出。让我惊叹的是，有一只蓝色的"海鸟"，在船身掀起的浪涛上方优雅地盘旋。旁边的水手告诉我，这其实是一条飞鱼。

　　我们离开海港，向南徐徐航行。远远眺望特内里费岛，可以看到海岛上白雪皑皑的最高峰。在黄昏彩霞的映照下，它渐渐从视野中消失。当我们的船停在海港时，无法将这些景色尽收眼底。船在海波中荡漾，迷人的蓝色映入眼帘，看得我们心旷神怡。

船航行到这里时，旅客们才开始相互认识。乘客大部分是军官、军医和公务人员。让我意外的是，商人的数量很少。

这些官员通常只知道他们下船的地点，登岸后才知道他们具体被派往哪里。

一名中尉和一名行政官员和我们渐渐混熟了。那名官员要去刚果中部，有两年的时间要远离自己的妻子和孩子。中尉是同样的情况，他可能去阿贝舍尔。他已经去过马达加斯加、塞内加尔、尼日尔和刚果，并对殖民地的一切都感兴趣。

一位军医已经在赤道非洲度过了 12 年，我与他之后的交往成为我非常珍贵的回忆。他现在已经是大巴萨姆细菌研究所的负责人。在我的请求下，他每天早晨都会抽出两个小时，把热带病学从头到尾讲给我听，并告诉我他的尝试和经验。他认为，应该派遣大量能独当一面的医生，为当地做贡献。

在离开特内里费岛的第二天，军队接到命令：在室外必须戴盔形凉帽。这个规定很奇怪，因为当时的气候还很凉爽，不见得比我们那里的 6 月热。那天傍晚，我没戴帽子，正欣赏夕阳时，就被一个"非洲通"教育了："从今天起，不论天气暖和与否，太阳是否升起、是否正当空、是否落下，天空是晴朗还是多云，你都必须把太阳视作最大的敌人。我现在还不能告诉你它的危险之处。但请一定要相信我，越靠近赤道，太阳越危险。早晨和傍晚看似温和的太阳比中午明晃晃的太阳更毒。"

当我和妻子第一次穿着一身白衣、头顶盔形凉帽时，都觉得对方看起来很奇怪。整整有两天时间我们都感觉自己在乔装打扮。

我和妻子第一次真正碰触非洲大地是在殖民地塞内加尔的重要港口达喀尔。我们当时感觉很神圣，因为这就是我们有志投身的土地。

达喀尔没有给我留下什么好印象，因为我总是不禁想起在那里看到过的虐待动物的场景。这个城市位于山坡上，有些街道非常肮脏。穷人的窘境和奴役牲畜的场面非常可怕。我从没见过如此疲惫不堪的马和骡子。有一次，我看到两个黑人坐在满载木板的车上，车子陷入刚铺好的马路的土坑里不能动弹。他们呼喊打骂可怜的牲畜，试图让它将车拖出土坑。我实在看不下去了，上

前阻止他们的行为，并强迫他们下车，最后我们三个人一起把车
推出土坑。他们很疑惑，但没有反对，反而服从了。中尉在回程
的路上对我说："如果你不忍看到动物被虐待，那就不要来非洲。
因为你在这里会碰到很多可怕的事情。"

在达喀尔港口有许多黑人上船，其中大部分是塞内加尔的劳
工和他们的老婆孩子。他们躺在甲板前段的位置，晚上就顶着夜
空的星星钻进大袋子里睡觉。妇女和儿童身上都挂着装在小皮袋
子里的沉甸甸的护身符，就连在吃奶的孩子也是如此。

在我的想象中，非洲海岸是一片不毛之地。但出乎意料的
是，当我们离开达喀尔向下一站的科纳克里航行时，我看到了海
岸边大片被海浪润湿的绿色森林，那里的树木葱郁茂盛。用双筒
望远镜，还可以看到黑人村庄中尖尖的帐篷。浪花拍打着海岸，
海面却很平静，海岸线看起来也很平坦。

"鲨鱼！鲨鱼！"听到喊叫声，我立即从书桌旁冲出去，看
到海面上距离我们 50 米远处突起一个黑色三角形，正向船航行
的方向游动。这是一种可怕的鳍，见过它的人永远不会忘记，也
不会把它与其他东西搞混。西非港湾附近有很多鲨鱼，我曾在科
托努看到，鲨鱼在厨余的诱惑下靠近船只，距离船只仅有 10 米

的距离。由于光线充足，海水清澈，我在片刻间看到了鲨鱼的整个身体，在阳光的照射下，灰黄色的鱼鳞闪闪发光。我们看到鲨鱼半仰着身体，用头部下方的嘴将食物吞入腹中。

尽管常常出现鲨鱼，但是很多黑人还是会在这些港口出没，下海捞金。不幸却很少发生，因为他们制造的噪声连鲨鱼都难以忍受。有一次在塔布，我看到一位潜水的黑人保持沉默，而其他人却吵嚷着要更多的钱，这令我很诧异。后来我们发现，潜水的黑人之所以保持沉默，是因为他嘴里塞满了镍币和银币，无法张口。

科纳克里之后的航行，一路上海岸尽收眼底，远处的地平线上，是狭长的树林，可岸上不知道有多少骇人听闻的暴行！奴隶贩子来到这里，把活生生的人带到船上运往美国。一位受雇于大型商社的职员，是第三次被派往刚果，他对我说："即使是现在，这一切也不合理。我们给黑人带来生活必需品，但也给他们带来了陌生的烧酒和疾病。我们给他们带来的物资能抵消我们对他们所做的恶行吗？"

每次吃饭时，我都忍不住观察各餐桌的旅客，他们都来过非洲。他们抱着什么想法来到这里？他们有什么理想？看起来友好亲切的他们在外工作时又如何呢？他们如何看待自身的责任？

再过几天，从波尔多一起出发的 300 人将陆续抵达目的地，到达不同的工作岗位，大家分布在塞内加尔、尼日尔、奥果韦、刚果河及其支流流域，或者北上抵达乍得湖，并且将在这些地方居住两三年时间。我们这一段时间在船上经历的一切，如果都写下来，能写成怎样的一本书呢？又有多少内容值得细细浏览呢？

我们乘坐汽船继续航行。大巴萨姆、科托努……有的人即使平时话很少，也禁不住频频告别。大家一遍遍微笑着说："多珍重！"这句话在当时意味深长。那些接到大声祝福的人们，再上船时将会是什么样子呢？他们所有人都还会在吗？绞车和起重机发出嘈杂的声音；船在海浪中起起伏伏；岸边港口城市的红色屋顶在一片绿树的掩映下遥遥在望；巨浪拍打着海岸，激起层层浪花……沙滩的后面是广袤的土地，那些离开我们的人将成为这片土地的主人，他们掌握着她未来的命运。"多珍重！"这句道别在我看来相对于它背后的含义似乎分量太轻了。

在天气状况良好时，大巴萨姆、塔布和科托努的海浪仍然波涛汹涌。乘客无法通过舷梯走下船，只好先四人一组进入木箱，再用吊车将木箱吊到小船上。操纵吊车的机械师的职责是找准时机，把载着四个人的木箱顺利放到起伏不定的小船上。同时小船上的黑人负责接住下降的箱子，保证小船的安全。但事故仍时有发生。只有在天气状况良好时才能从船上卸下货物。由此我发现，西非是多么需要优质的海港啊！

和往常一样，大约 50 名黑人在科特迪瓦的塔布港登船。这些搬运工随船到达刚果河，然后再随船回到陆地。在几个主要的货物装卸点，比如利伯维尔、洛佩斯角湾和马塔迪，就由他们负责卸货。

他们的工作认真细致，甚至比波亚克的工人还好，但他们对待其他黑人同行却很粗暴。一旦后者妨碍到他们，他们就拳脚相加。

我没有因为炎热感到头晕，也没有失眠，但是包括我妻子在内的大部分乘客，都开始出现这些状况。

夜晚，在月光的映照下，航行的船掀起波光粼粼的海浪，水母像发光的球般浮现在水中。

离开科纳克里之后，每天晚上都有雷雨。船在伴着飓风的强雷雨中穿行，天气却毫无凉意。多云的天气更加炎热。虽然这时有云遮挡，阳光没有直射，但是这样的天气却较以往更危险。

4月13日是星期日，早晨我们启程前往利伯维尔。美国传教士福特在那里迎接我们。他送给我们许多非洲的鲜花和水果作为见面礼，这些都产自他的教会花园。我们表示感谢，并去他传教的地方参观。那个小镇叫巴拉卡，坐落在海边的一座小山上，距离利伯维尔三公里。

我们穿过一排排美丽的竹林小屋，向山上爬去时，一支小型乐队正好出来迎接我们。我们自我介绍之后，和好几十个黑人握手。他们教养良好、衣冠整洁，和之前在港口看到的黑人完全不同。他们兼具独立自主和谦让的品质。从他们身上我完全看不到港口的黑人眼中所流露出的粗鲁、卑躬屈膝和委曲求全。

从利伯维尔启程前往洛佩斯角湾的航程只需八个小时。4月14日星期一早晨，当洛佩斯角湾映入眼帘的时候，过去八天以来一直困扰我的焦虑突然涌上心头。海关！海关！在旅途的后半段，吃饭时，大家都在谈论殖民地关税的各种趣事。"非洲通"告诉我："海关会对你所有随身携带的物品征收10%的税。""而且，他们不会看物品的新旧。"另一个人补充道。

出乎意料的是，海关官员对我们大发善心。也许在我们上报70个箱子的情况时，他们看到我们特别焦虑的样子，因此变得和气起来。我们如释重负地回到船上，准备在船上度过最后一晚。这一晚睡得很不舒服，工人不停卸下货物，装上煤炭，直到快要累倒在吊车旁。

## 2.2　航行在奥果韦河上

周二一早，我们登上"阿兰贝号"轮船。为使船在不同水位都可以航行，船身建造得非常平坦宽敞。两个轮状推进器不在船两侧，而是并列安置在船身后方，以免撞到漂浮在水中的树干。由于"阿兰贝号"装载着货物，所以只接受乘客及其随身行李，而其他行李则由汽船在两个星期后送过来。为了使船在高潮时顺利地通过奥果韦河入海口的沙滩，我们早晨9点钟就出发了。迟到的乘客不得不滞留在原地，乘晚上的汽艇过来。

船航行时，四面是水和丛林！那种景象难以形容，好像梦中一样。那似曾相识的、梦幻般的古老的景色，现在就鲜活地展现在我们眼前。分不清哪里是河，哪里是岸。巨大的树根和藤本植物扎根于河中。灌木、棕榈树和参天大树中点缀着青翠的巨大枝叶，郁郁葱葱的绿叶植物高耸入云。河面波光粼粼，每到河流转弯处，就出现新的支流。一只苍鹭徐徐飞上天空，然后落在一棵枯木上；蓝色和白色的小鸟掠过水面，两只鱼鹰飞上云霄。棕榈树上耷拉下两条尾巴，还在不停地摇晃，然后两只猴子跳了出来。错不了，这就是非洲！

接下来的几个小时我们见到的景色是一模一样的。船经过的每个弯道，甚至每个角落都一样。始终不变的森林，不变的浑浊河水。这种一成不变无限加深了自然给我们留下的印象。睡了一个小时后睁开眼睛，又看到完全一样的景色。奥果韦河并不仅仅是一条河流，而是一个水系，三四条支流缠绕在一起，还有大大小小的湖泊穿插其中。当地的船夫居然能在混乱的水道中找到方向，真是不可思议。船夫也不看地图，通过摆动手中的船桨控制船的方向，从大河道进入支流，从支流进入湖泊，再从湖泊进入大河道……这段航程他已经划了 16 年，现在即使在月光下他也可以找到正确的航路。

下游河水流淌缓慢，在我们向上游行驶的途中，水流速度明显加快。为避开隐藏的沙滩和水面下的树杈，船夫驾驶时必须倍加谨慎。

经过漫长的旅程，我们的船停在一个黑人小村庄旁。河岸边堆积着上百根木材。我们的船停下来，把这些木材运上船，因为船的运行需要燃烧木材。黑人把船舱板移到岸上，排成一排搬运木头，其中一人用纸记录。每搬 10 根，木板那边就有人喊："划个杠！"搬了 100 根，又有人喊："划个叉！"100 根木头的价格是 4 到 5 法郎。

船长抱怨村里准备的木材不够，向村里长老索要。长老比画着表达了歉意。最后双方达成一致，白人可以以酒抵款，因为他们认为白人能比黑人买到更加物美价廉的酒。每升酒在进入殖民地时要交纳 2 法郎的税，不仅如此，我带来的医用消毒酒精也要交同样的税。

旅程继续。在河岸旁我看到许多废弃的破旧木屋。旁边的商人说："我 20 年前刚来这个国家时，这里都是欣欣向荣的村庄。"我问道："那它们怎么破败了呢？"他耸耸肩，轻声说："因为酒……"

日落后，3,000 根木材要被运上船，这需要两个小时。这个商人说："假如白天搬木材的话，所有的黑人旅客（船上约有 60 名黑人旅客）都会下船买酒。他们通过木材贸易赚来的大部分钱都花在了酒上。我去过不同民族的殖民地，发现酒才是文明最大的敌人。"

非洲的景色确实壮美，但烦恼和恐惧还是涌上我的心头。在奥果韦河的第一天晚上，非洲在我心里留下的阴影有所缓解。搬运木材时那单调的口号在耳边回荡："划个杠！划个叉！"我的信念比以往更加坚定：要想帮助这片土地，需要坚持不懈的努力。

船在月光下继续行驶。远远望去，岸边的原始森林露出了模糊的边缘。不久，船沿着阴暗的峭壁行驶过去，那儿冒着让人难以忍受的热气。温柔的月光洒向水面，远方有闪电划过天空。午夜后，船停在宁静的海湾，有的乘客钻进蚊帐进入梦乡，有的在餐厅墙边的垫子上睡着了。

清晨 5 点钟，船又开始继续向上游航行，这里的丛林比下游更加茂密。我们走过的路程至少有 200 公里。远处有座小山，山上有一些顶着红色屋顶的建筑物，那就是恩戈莫传教站。搬木材需要两个小时，因此我们有时间参观传教站和锯木厂。

之后又经过了大约五个小时的航程，这时从船上远远望去，可以看到兰巴雷内平缓的小丘陵。轮船的汽笛声响起。尽管我们半个小时后才到达目的地，但必须提前鸣笛通知住在各处的村民，好让他们及时到达港口，接收货物。

从兰巴雷内到港口需要超过半小时的船程。当船停靠时，没有人出来迎接我们。将近下午 4 点钟时，太阳在头顶照耀，天气十分炎热，我们下船时，看到一个男孩开心地唱着歌，划着狭长的独木舟来到我们船边。他划得非常快，甚至坐在独木舟上的白人都来不及躲闪，一头撞上了大船的缆绳。这个白人是克里斯托尔传教士，他带着低年级的学生们；后面的小船上坐着的是埃伦伯格传教士，带着高年级的学生。这些男孩子打赌，看谁划得快。低年级的学生赢了，或许因为他们的船更轻。我们医生乘坐独木舟，高年级学生的小船装载行李。这些孩子的笑脸是多么美好！其中一个孩子挎着我的步枪，得意扬扬地走来走去。

刚开始坐独木舟时，我们很不适应。这些独木舟都是将树干掏空后制成的，平坦而狭窄，轻轻一动便会失去平衡。船夫不能坐着，必须站着，而这样更不利于保持船的稳定。他们熟练地握着狭长的船桨，拍打着河水，为了保持节奏唱着调子。船夫动作不协调会导致翻船。

半个小时后，我们已经克服了焦虑，开始享受美妙的旅程。

轮船正向上游航行，小伙子们你追我赶，想跟轮船赛跑，差点撞翻了一条载着三位黑人妇女的独木舟。在一片欢快的歌声中，我们的船从主流进入支流。夕阳西下，小丘上一些白色的建筑物映入眼帘，那就是传教站的房屋。越靠近那里，歌声越响亮。一阵风吹过，河面波动起伏，小船随即驶入港口。

上岸后，我们先和许多黑人握手，对此我们已经习惯了。然后，我们在克里斯托尔传教士、亨伯特老师和卡斯特工匠兼传教士的带领下参观自己的住房。孩子们已经用鲜花和棕榈树枝把它装饰一新。房子是木质结构的，离地半米高，由大约40根金属桩支撑。四个小房间周围围绕着阳台。景色很迷人：下面淌着一条小溪，向不同方向延伸至湖泊，周围是静谧的森林，远处是一条河流的主干，背靠着连绵青山。

这里从下午6点钟开始天黑，所以我们几乎还没来得及打开行李，夜幕就降临了。钟声敲响，孩子们开始在学校礼堂做夜晚的祷告。伴随着孩子们的赞美诗，蟋蟀大军开始鸣叫。我坐在皮箱上，心潮澎湃地聆听那美妙的歌声。这时一团丑陋的阴影从墙上爬下来，把我吓了一跳。原来是一只巨大的蜘蛛，它比我在欧洲看到的大得多。在慌乱中，我把它打死了。

在克里斯托尔家吃过晚饭后，传教士带领学生们来到挂着好多灯笼的阳台前，用双声部给我们演唱，旋律改编自一首瑞士民歌，歌词源自埃伦伯格传教士为医生们的到来而创作的诗歌。然后我们提着灯笼，骑着马，沿着山坡走回家。到家后我们无法立即睡觉，因为我们必须先与蜘蛛和会飞的大蟑螂做斗争。这房子长期无人居住，已被它们占为自己的领地。通过斗争，我们终于赢得胜利并安顿下来。

早晨6点，钟声响起，学校里的孩子们开始齐声唱赞美诗。我们在新家园的生活正式开始了。

# 3 最初的印象与经历

兰巴雷内，1913年7月末

## 3.1 准备工作

传教站明确规定：除非在特殊情况下，医生必须先熟悉当地状况，三周后才能行医。实际上并非如此。白天随时都有患者来到我的家中求医。因为缺少翻译，并且大部分药品、器械和包扎用的纱布都在托运途中的行李箱里，手头可用物品很少，所以在这种情况下很难接诊病人。

在我到达传教站的一年之前，萨姆基塔教会学校的黑人老师恩岑表示愿意担任我的翻译和医疗助理。我托人转告他在我到达兰巴雷内时尽快前来，但他的家乡距离我们100多公里，而且他正在处理遗产问题，所以不能立即前来。我不得不派人划独木舟去接他并恳请他尽快过来。他答应了，但一个又一个星期过去了，他还是没有到来。

在这期间，埃伦伯格传教士笑着对我说："医生，您在非洲的'学徒生涯'开始了。从今天起，您将越来越深刻地认识到黑人是多么不可靠。"

天主教会就位于大河道的岸边。4月26日夜里我们听到了轮船的汽笛声，是我们的箱子到了。我们的住处在支流河岸的小山上，船长因为不熟悉支流水域，不肯把行李给我们送过来。恩戈莫传教站的工匠哈姆佩尔先生和佩尔特先生带着10名黑人工人来到兰巴雷内，帮助我们搬运行李。

长期在巴黎演奏的管风琴演奏协会送给我一架专门针对热带气候设计的踏板钢琴，以便我能时常练习，我十分担心它的运输问题。如果把钢琴装进内衬锌的箱子，然后用挖空的树干制成的独木舟来运输这么重的箱子，似乎是不可能的。这时有人借给我一只用巨大的圆木造成的小船，它可以承载三吨重的货物，甚至可以运输五架钢琴。

　　我们就这样把 70 个箱子运过河，搬到传教站。接下来的问题是如何把它们从河岸边运上山。传教站的人都过来帮忙，学校的孩子们鼓足干劲，大显身手。每个箱子两旁都有脑袋探出来，下面有许多双腿在协作，这个场面真是很有趣。他们发出的呼喊声使整个山丘都喧嚣起来。三天后，所有的行李都运上了山，恩戈莫传教站的人回去了。我们的感谢之情无以言表，没有他们，我们肯定束手无策。

　　拆分行李也不是轻松的事情，我们费了很大力气安置这些行李。我们原本计划建一个瓦楞铁皮棚屋充当医院，但因为这几个月木材交易进展得很好，商人支付给工人的工资比教会高，因此我们招不到工人，连屋梁构架都建不起来，于是我们只好亲自动手。为了放置最常用的药物，工匠兼传教士卡斯特先生在我的卧室安装了药橱。他自己把木头切好并刨光，做成了这个橱柜。我们来到非洲才知道，墙上的药橱是多么宝贵啊！

　　让我郁闷的是，为了防范疾病传染风险，我不能在住所内检查和医治病人。传教士在最开始就告诉我，为了自我保护，要尽量少让黑人踏进白人的房间。

　　所以，我只能在屋外的空地为病人诊疗。但是如果突然下雷雨，我们就必须赶快收拾东西躲到阳台。在炎热的天气下，在室外为患者看病真的很辛苦。

## 3.2　在鸡舍行医

在这样的紧急情况下，我把前任传教士莫雷尔的鸡舍改造成了诊所。在墙上装上药橱，木板用作床铺，四面墙都涂上石灰——这样子我已经感到很满足了。小房间没有窗户，极度潮湿。由于屋顶简陋，必须全天佩戴盔形凉帽。但下雷雨时，并不需要将所有东西遮蔽起来。虽然很不可思议，不过当雨点第一次从房顶落下来打在我身上时，我竟然可以平心静气地继续包扎。

与此同时，我找到一名翻译兼医疗助理。他是我的一名病人，一个聪明的当地人，法语非常流利。他告诉我，他曾是一名厨师，但由于身体原因，不得不放弃做厨师。因为我们找不到厨师，所以请他做厨师，并且请他兼任翻译和医疗助理。他叫约瑟夫，非常机灵，对动物各身体部位都很熟悉，所以我们对于他经常在厨房里念叨解剖学术语也不感到惊奇。

5月底，恩岑忙完回来了。但他看上去似乎没有那么可靠，所以我还是请约瑟夫一同帮忙。约瑟夫是卡罗拉族人，恩岑是帕豪英族人。

现在工作可以顺利进行了。我的妻子负责准备医疗器具，并在手术过程中担任助手，检查包扎用的纱布和手术用的衣物。

上午8点半，诊疗时间开始。病人在我家鸡舍前的树荫处候诊。每天早晨，助理人员都会朗读医院的规定，内容是：

1．禁止在医生的房子附近吐痰；

2．禁止候诊时大声喧哗；

3．由于就医人数众多，请患者及其陪同者带足一天的食物；

4．未经医生许可在传教站过夜的患者会被遣返，且不被给予药物；（常有患者从遥远的地方赶过来，晚上闯进男学生的宿舍，侵占他们的床铺。）

5．药瓶和存放药品的金属罐子必须归还；

6．每月中旬，船只向上游航行，然后向下游返航，在这段时间，除非有紧急情况，医生暂停接诊，因为医生需要在此期间整理药品清单。（船从下游上来带来欧洲的药品包裹，离开时带走药品清单。）

医院每天给当地人宣读这六条规定，用卡罗拉和帕豪英两种方言各读一遍，以免产生异议。在场的人都点头表示同意。他们按照要求把这些内容传达到所有村庄和部落。

每天 12 点半，助理宣布："医生吃饭的时间到了！"所有人点头表示同意。患者们分散在树荫下吃香蕉。2 点时他们又聚集过来。傍晚 6 点钟，夜幕降临，往往还有患者未被诊疗，我们不得不在第二天给他们继续治疗。如果晚上在灯光下为患者诊疗，光线吸引来的蚊子可能会引发热病，后果难以估量。

每个病人离开时，都会得到一个由皮带系着的圆形厚纸片，上面登记着号码。而这些号码对应的病人姓名、病情、用药记录都记在病历中。病人再来就医时，我们只需翻到相关页数，查看就诊记录，就能马上知道他的病情，而不用再花时间询问。在这上面还记录着病人曾经服用的药量和使用过的包扎物品。通过这种监督，如果病情缓解，我会要求病人归还剩下的药物，这样差不多能回收一半的医用物品。只有在丛林里行医的人才知道药瓶和金属罐子的珍贵。

这里的空气湿度非常大，在欧洲用纸或者纸盒包装药物就可以，在这里必须将药物装在瓶子里或密封的金属罐子里紧紧封住。我没有充分考虑到这点，因此不得不经常与患者为空药瓶发生争吵，因为他们总说药瓶找不到了或者把它们丢弃了。我请欧洲的朋友们帮忙，用各种方法收集大大小小的瓶子和带木塞的密封罐，然后邮寄给我。我多么希望有一天不用再为这些东西发愁！

我看到大多数患者的脖子上挂着厚纸片，上面有数字，表明他们今年已经交了五法郎的人头税。很少人会忘记交税，他们也不会把这个纸片弄丢。有些部落，尤其是帕豪英人，把上面的数字看作神符。

我被卡罗拉族人称作"欧冈伽"，这是"神灵"的意思。因为在他们心目中，那些能够医治疾病的人就是神灵，所以他们对医生没有其他称呼。那些患者的逻辑是，能够治愈疾病的人，一定拥有神力制造疾病，即使离得很远也没问题。这种认为我既善良又危险的想法常常让我觉得莫名其妙。

我的病人并不相信他们的疾病是出于自然的原因。他们认为疾病是由恶鬼、人类的巫术和所谓的"蠕虫"引起的。"蠕虫"就是疼痛的具象化体现。如果让他们描述自己的病情，他们就会叙述"蠕虫"的故事：它先在腿里，接着爬到头里，通过头进入心脏，再爬入肺部，最后进入肚子并待在那里。他们认为所有的药物都是用来对抗这种"蠕虫"的。有时患者身体绞痛，我给他们开镇痛剂，患者第二天会兴高采烈地宣布，"蠕虫"已经不在身体里了，但它转移到了头部，正吞噬大脑，所以我应该继续开药对抗头部的"蠕虫"。

我每天要花大量的时间跟病人解释如何吃药。翻译一遍又一遍地解释给他们听，甚至要求他们背诵下来。我会把服用方法写在药瓶和罐子上，这样部落里识字的人就可以读给他们听。但其实我还是不能确定，他们会不会一下子喝掉整瓶药，把涂抹的药膏吃掉，或者把（应该服用的）药粉涂在皮肤上。

我平均每天要诊治三四十位病人。我接触的主要疾病有各类皮肤溃疡、疟疾、昏睡病、麻风病、象皮病、心脏病、关节化脓和热带痢疾。

为了阻止溃疡流脓，当地人把某种特定的树皮碾成粉末敷在化脓处，这样会使患处凝结成痂，防止脓液外流，但却会让病情加重。

最常见的疾病是身体瘙痒（疥疮）。许多黑人都在忍受着瘙痒的痛苦。我接待了一名患者，他有几个星期被瘙痒折磨得睡不了觉。为了止痒，他把自己全身抓得伤痕累累，造成疥疮化脓。其实治疗瘙痒的办法非常简单，先让患者在河里洗净全身，然后涂上硫黄药膏（由粉状硫黄、棕榈原油、沙丁鱼和肥皂残余的油混合制成）。我用装牛奶的罐子装了一些药膏，让他回家后自己再涂抹两次。效果非常显著，第二天瘙痒就减轻了。我的治瘙痒软膏使我在几周后便声名大噪。

当地的黑人非常相信白人的医术，不仅仅是因为我们的传教士技艺精湛，更是因为他们把自己的一生奉献给了奥果韦河流域的人民。这里不得不提及1906年在塔拉谷哥去世的女传教士兰茨，她是阿尔萨斯人；还有恩戈莫的传教士罗伯特，他是瑞士人，目前由于身患重病在欧洲休养。

令我苦恼的是，鸡舍只能放少量药品。几乎每次配药，我都得穿过整个院子，走到办公室配药后再回来，非常费时费力。

医院的诊所什么时候可以真正建起来？在秋天雨季来临前，能够建成吗？如果建不成，我该怎么办？天气炎热的时候，在鸡舍真的很难开展工作。

患者比我想象的多得多，我很担心，因为手里的药不多了。我在6月预订了大量药品，但药品通过水运到达也得三四个月后了。奎宁、安替比林、溴化钾、萨罗和次没食子酸铋只剩下几克了。

　　然而，这些暂时的烦恼怎能与在这里工作并帮助他人所获得的喜悦相提并论？尽管这里条件有限，我却可以在这儿大有作为。每当把病人的溃疡处理干净，让他们不用再拖着化脓的腿在泥地里走来走去，每当看到他们康复后露出的喜悦笑容，我就觉得在这里工作是值得的！周一和周四给病人包扎溃疡。每到这两天，我就会看到很多病人包扎完后，精神饱满地走下山去，或被抬下山去，我多么希望我的捐助者能看到这幅场景啊。有位患心脏病的老太太边比画边说，她服用药物后，心脏不痛了，可以安心睡觉了，但她以为"蠕虫"被赶到了脚部。

　　回顾来这里的两个半月，我感觉当地急缺医生。在这里，医生只需要少量药物就能够发挥相当大的作用。实际情况是很多人都在遭受疾病的折磨。今天，一位年轻人对我说："其实我们这里每个人都在生病。"一位老族长甚至说："这片土地正在吞噬她的人民……"

# 4 1913年7月至1914年1月

兰巴雷内，1914年2月

## 4.1 兰巴雷内传教站

兰巴雷内的传教站位于三座小山上。在最远的河流上游有一座小山丘，山顶是一所男校，临河一面的斜坡上是仓库和最大的传教会馆。中间的山丘上是我们的房子。河流下游的山丘上是女校以及其他传教士学校。在这些建筑对面20米处就是森林。我们居住的小山丘在河流和森林之间，这个地方历来被黑人称作安登迪。为了防止土地荒芜，我们每年都要采取些措施。房子的周围种着咖啡树、可可树、柠檬树、甜橙树、柑橘树、杜果树、木瓜树和棕榈树。为我们尽心尽力栽树的第一代传教士是多么值得感激啊！

传教站约 600 米长，100 到 200 米宽。我们傍晚或周末散步的时候，一次又一次地用脚丈量着它的尺寸。有条小路能通到附近的村子，但几乎没人去那儿散步，因为小路上闷热难耐，30 米高的森林就如墙壁一般耸立在林间小路的两侧，使人丝毫感觉不到空气的流动。在旱季里，人们可以在河边干燥的沙滩上散步，享受从河面吹来的微风。

在兰巴雷内，空气不流通，人们好像生活在监狱里。如果我们把下游传教站周围的森林改造一下，打开一角，就可以让河谷的微风吹过来。但是我们既没有资金也没有人力，改造森林不是件容易的事。

本来打算把医院建在男校所在的山脊上，但这个地方很偏，面积不够大，所以我和传教站的同事商定，把医院建在我所居住的山脚的岸边。这一决定必须经过 7 月底在萨姆基塔召开的传教士会议批准。我和埃伦伯格先生还有克里斯托尔先生将为此事一起前往萨姆基塔。这是我第一次坐独木舟长途旅行。

## 4.2　独木舟之旅

清晨，大雾朦胧，我们在天亮前两个小时就出发了。两位传教士坐在船前，我坐在船尾的躺椅上。铁皮行李箱、折叠行军床、睡垫和用香蕉做的干粮占据了中间的位置。后面是 12 位船夫，他们平均分成两排。他们一边划船一边唱歌，唱的是我们要去哪里以及谁在船上。他们也在歌里抱怨起得太早，这一天肯定会很累。

到上游萨姆基塔的距离有 60 公里，大致需要 10 到 12 小时的船程。由于船上装载过重，预计会拖延几个小时。当我们驶离支流，到达主河道时，天已经亮了。在我们前方 300 米处，就是巨大的沙洲。在附近水域里我们看到一些黑影在移动。这时，船夫好像听到了命令般停止歌唱。原来是一群河马在这里洗澡。作为当地人的船夫非常害怕，努力划船绕开，据说因为河马的情绪阴晴不定，它们曾毁掉很多船只。

一位早期在兰巴雷内任职的传教士常常取笑船夫胆小，还鼓励他们靠近那些河马。一次，他正取笑船夫时，浮出水面的河马突然把小船顶入高空。所有人忙于自救，连行李都顾不上了。船底被河马撞出了个洞，传教士让人把这个洞保留下来作为纪念。

这个若干年前发生的传教士试图让船夫靠近河马的故事，一直被当作教训讲给白人听。

当地人总是尽量靠近岸边划行，因为岸边的水流平缓且有树荫遮挡。半路上可能会遇到从河谷向上的逆流。因此，船会沿着河岸缓缓行进。站在小船后端的船夫要与前端的船夫保持一致，前端船夫要注意避开浅滩、岩石和树干并寻找合适的方向。

在这次旅途中，水面上反射的光和热令人很不舒服，就好像灼热的箭从发光的镜子中射向自己。

随着太阳升高，舌蝇出现了。它们只在白天飞行。与其相比，再厉害的蚊子也相形见绌。舌蝇与我们通常见到的家蝇外形很相似，体积是后者的一倍半，只是翅膀不是平行的，而是像剪刀的刀刃般叠在一起。

即使有厚厚的衣服遮盖，舌蝇仍可以吸到人身体里的血。舌蝇非常谨慎狡猾，用手打它，它总能轻巧地躲开。它落在人身上，一旦稍有动静，就立即飞走，躲到船的侧壁上。

舌蝇飞行时，没有丝毫声音，只能用小扫帚来驱赶它们。它们很少落在浅色的背景上，以防被人发现，因此穿白色的衣服是防范舌蝇最好的手段。

在我们的行程中，这条经验得到了证实。我们中有两个人穿的是白色衣服，其他人穿的是黄色衣服，几乎没有舌蝇落在穿白色衣服的人身上，而穿黄色衣服的人则不胜其扰。黑人对舌蝇的骚扰更是无可奈何。众所周知，舌蝇是昏睡病的传播者。

12 点时，我们在一个黑人村庄稍事休息。我们吃自带的食物，那些船夫吃烤香蕉。他们的工作很辛苦，我多么希望他们能吃上一顿有滋有味的饭菜啊！直到深夜，我们才到达目的地。

为期一周的会议[1]给我留下了深刻印象。参会人士都是多年来为了帮助当地人而投身于这片土地的仁人志士，他们令我肃然起敬。我很喜欢这里惬意而舒心的氛围。

我的提议被友好地采纳了。在我的理想地点，将建一所医院和配套建筑。教会批了 4,000 法郎作为修建经费。

回程途中，为了躲避河马，我们两次跨越河道。其间，一只河马距离我们只有 50 米远。

直到黄昏来临，我们才到达支流入口处。在那儿确定航向耗费了我们一个小时的时间，这期间，船夫不时地下船拖着船前行。

1　见第 40 页提到的在萨姆基塔召开的传教士会议。

过了沙洲终于进入了河道，可以自由航行了。船夫的歌声也嘹亮起来，远处的灯忽左忽右地晃动着，断断续续。那是兰巴雷内的妇女们提着灯在港口，迎接我们返回。

独木舟颠簸着靠岸。船夫欢呼着胜利，无数双黑色的手去搬箱子、床、行李和从萨姆基塔带来的新鲜蔬菜。"这是克里斯托尔先生的！""这是埃伦伯格先生的！""这是医生的！""那个要两个人拿，一个人拿太重了！""这个不能扔！""小心枪支！""不要放这里，放那里！"

最终，所有货物都被送到正确的房间，我们高兴地爬上小山，回到住处。

## 4.3　为修建医院平整土地

现在是时候把医院的土地上的土堆移走，将地面弄平了。教会费了九牛二虎之力才召集到五个工人，可他们因为懒惰干了"好事"，最后我彻底失去了耐心。当时，我认识的一位木材商拉普先生得到了考察周围森林的许可，率领荒漠考察队到达这里。在我的请求下，他把八个强壮有力的搬运工分配给我们。我向他们允诺优厚的待遇，并且亲自上阵，拿起铁锹。然而那位黑人监工只是躲在树荫下，偶尔向我们打个招呼以示鼓励。

两天的辛苦劳动后，我们终于把土堆移走，把土地弄平整了，工人也拿到了工资。可惜，他们不顾我的劝告，路上将所有的钱都用来买酒，晚上回来时喝得酩酊大醉，以至于第二天无法起床工作。

现在可以开始建医院了。

### 4.4 心脏病患者、精神病患者和中毒者

现在只有我和约瑟夫负责建造医院。恩岑 8 月份回乡度假，回来的时间不确定，所以他的工作由约瑟夫接手。约瑟夫在这里每个月的工资为 70 法郎，而他在洛佩斯角湾做厨师每月赚 120 法郎。他在这里很难找到合适的工作，因为在这里，脑力工作者的收入比从事其他工作的人少。

心脏病患者的数量越来越出乎我的意料。他们也很诧异我能用听诊器感受到他们的病痛。有位患心脏病的女士对约瑟夫喊道："现在我相信他是一名真正的医生！我并没有告诉他我的病情，他甚至没有看我的脚，就知道我晚上常常无法呼吸，脚也总是肿胀。"

我不禁暗暗思忖，这其实是拜现代医学治疗心脏病的神奇医术所赐啊！对于心脏病，我每天只用 0.1 毫克的洋地黄，经过数周或几个月的治疗后，病人的情况就有很大改善。

在这里治疗心脏病比在欧洲更容易。因为医生通常会要求心脏病人静养，在欧洲，病人不得不面对放弃工作和收入的尴尬境地，而在这里患者只需要待在自己的村庄里就可以了，家人就可以照顾他们。

这里的精神病患者比欧洲要少得多，但是仍有六个精神病人需要诊治，这令我很苦恼，因为我不知道把他们安置在哪里。我曾经把他们留在传教站，他们半夜会吵闹，我得一次次起床，给他们注射镇静剂，让他们平静下来。现在想起来，那些夜晚我真的很累。

在旱季，这个问题就可以解决了。我把精神病患者及其同伴安置在 600 米外的河滩上，让他们在那儿搭帐篷过夜。

在非洲，精神病人的命运非常悲惨。当地人不知道如何控制他们的狂躁，很难约束住他们，因为他们总是冲出竹屋。有时只好用绳子把他们捆绑起来，但这会让他们更激动，人们试图采取各种方法来控制他们。

一位来自萨姆基塔的传教士告诉我,两年前的一个星期天,他在家中听到邻村传来惨叫声。他出门想探个究竟,碰到的当地人告诉他不过就是沙蚤钻进了孩子们的脚,让他不必惊慌,回家就好了。他照着那个人的话回家了,但第二天却得知,那其实是一位精神病人被绑住手脚扔进水中时发出的叫声。

我第一次接触黑人精神病患者是在一个夜晚。我接到电话通知后被带到一棵棕榈树下,那里绑着一位上了年纪的妇女。她前面燃着一个火堆,周围坐着她的家人,后面是漆黑的森林。那本是一个美丽的夜晚,点点繁星在夜空闪烁。我让人给她松绑,周围的人照做了,一副战战兢兢、犹犹豫豫的样子。还没等绳子完全松开,那位上了年纪的妇女就跳过来,拉扯我的灯笼,要把它扔掉。周围人一片惊呼,四处逃窜,不敢靠近。我握住妇女的手抚慰她,她在我的劝说下安静了下来,伸出手臂表示愿意注射吗啡和东莨菪碱[1]。随后我带她来到我的诊所,注射完药物后她安静地睡着了。

这是周期性的狂躁型精神病。14 天后她痊愈了。之后就有传言说医生是个伟大的魔法师,可以治愈所有精神病人。

1. 一种重要的抗胆碱药物,现代医学上用作镇静剂。

可惜，不久后我发现，我们的药物对这里的某些狂躁型精神病毫无作用。之前，有一位老年患者也被捆在这里，绳子深深勒进他的肉里，他的手和脚都沾满了鲜血，伤口已经溃疡。令我诧异的是，我用强效吗啡、东莨菪碱、水合氯醛和溴化钾治疗都收效甚微。第二天，约瑟夫对我说："医生，他是中毒了才会发疯的。根本没有办法医治他。他会越来越虚弱，最终死去。"他说的没错，14 天后这位患者死了。从一位天主教牧师那里我了解到，他被下毒是因为绑架了数名妇女。

我从另一位患者身上目睹了类似的发病过程。某个星期天的晚上，来了一条船，带来了一位抽搐痉挛的妇女。一开始我以为这只是癔症，但在第二天，病情从狂躁发展到全身痉挛。到了夜晚，她开始大喊大叫，到这个时候镇静剂已经不起作用了。她的体力迅速下降。当地人说这是毒性发作，是否真是这样，我也不能断定。

据我所知，毒药的使用在当地似乎很平常，南边更甚：居住在奥果韦河与刚果河之间的部落因为用毒而臭名昭著。因此，当地很多不明原因的暴毙都被误认为是中毒所致。

一定有某些植物的浆液具有特定的令人兴奋的功效。据说当地人食用某种植物的叶子和根茎后，不仅不会感到饥饿、干渴和疲劳，还会精神亢奋，情绪高涨，一整天都能不知疲倦地划船。

我希望细细了解这类药物，尽管这很困难，因为一切都是秘密。如果有人向白人透露了这些药物的情况，那他将难逃中毒的命运。我从约瑟夫那里偷偷了解到，巫师会利用毒药维护自己的权威。

## 4.5　捕鱼节

在枯水期中期，当地人会向下游走三小时的路程，在河边沙滩安营扎寨，专心捕鱼。捕鱼时节就像旧约中描述丰收的情景，人们享受着上帝的眷顾。老老少少在沙滩上用树枝支起帐篷，用煮、烤和炖的方式，享用新鲜的鱼，吃剩的就晒干烟熏。如果鱼多的话，两个星期后，村民们就可以带回数以万计的鱼。一提到鱼，约瑟夫就会眼睛发亮。我让他第一天下午随村民一起去，还给了他一个小桶，让他带些鱼回来，然而他的热情却不高。我问了他几个问题，从而知道了原因。原来驻扎第一天不捕鱼，而是进行祭祀仪式。"长老"会把烧酒和烟叶倒入河水，用来孝敬河神，这样河神才能让鱼进入网中而不伤害任何人。几年前这个仪式曾被搁置，然后有个妇女失足落入水中，被缠在渔网里淹死了，于是祭祀仪式重新启动。我疑惑道："你们中的大多数都是基督徒，不应该相信这些东西的。""当然不相信，"约瑟夫答道，"但是如果有人对此提出反对意见或是哪怕在供奉河神烟酒的时候露出一丝微笑，那他迟早会中毒。药师绝不会饶恕，他们就生活在我们中间，虽然谁也不知道他们到底是谁。"这样，他第一天就在家里待着，我让他过几天再去捕鱼。

## 4.6　拜物教

除了毒药，可能施加在他人身上的超自然的邪恶力量也令当地人感到恐惧。他们还相信这种神奇的力量可以通过某些方法获得，只要拜对了物神，人就可以无所不能，比如打猎时会有好运气，会变得富有，或者可以使他憎恨的人遭受厄运、疾病或死亡。

欧洲人难以想象，这里的原始居民过着怎样可怕的生活，他们是如此惧怕物神。只有亲眼见证了这种苦难才能明白，我们每一个人都有责任帮助这些原住民建立新的世界观，把他们从妄想的折磨中拯救出来。即使是持绝对怀疑态度的人，只要到这里看一看，也会赞同教会的做法。

什么是拜物教？它源于当地人的恐惧心理，他们需要一种能对抗自然、亡灵和坏人的魔力，拜物教把这种保护力量附在特定的物体上。持有物神的人并不崇拜它，而是把它视为具有超自然力量的物品为己所用。

什么属于物神？奇特的异物被视作具有法力。物神由一系列装在小袋子里、牛角里或小盒子里的物品组成，包括：红色的鸟毛、一小包红土、豹爪和豹齿……还有从 18 世纪以物易物的交换中得来的老式铃铛，欧洲的铃铛。有个黑人在传教站对面建了一个小型的可可种植园，他把能保护他们的物神放在密封瓶里挂在树上。珍贵的神物被密封在金属盒子里，因为木盒难以抵抗白蚁日积月累的侵蚀。

物神有大有小，大的通常是一块人头骨。有时人们为了得到人头骨而专门杀人。今年夏天，在我们传教站下游方向相距两小时航程的地方，有一位老人在小船上被杀害了。凶手被发现后供述说，杀害老人是为了取得头骨作物神，用它逼人还债。

几周后的某个周日，我和太太一起散步。我们穿过森林，走到代格勒湖，前后走了约两小时。就在我们午休的那个村庄，村民已经饿了好几天，因为村里的妇女都害怕去香蕉地里摘香蕉。

众所周知，最近几名男子总在附近转悠，想要伺机杀害村民，抢夺物神。兰巴雷内的妇女称，有人看到这几名男子曾出现在水井附近。这几周以来，整个地区的人都处于高度紧张状态。

我自己也有一个物神，这是一块从人骨头中取出的顶骨，长椭圆形，用红色染料浸染过。它的主人和主人的妻子病了好几个月，夜夜无法入眠。在梦里有个声音多次对男人讲，如果他们夫妻想身体康复，就必须把父亲传给他的物神交给恩戈莫的豪格传教士，并听从他的安排。最终男人按照"梦里先知"的命令照办了。豪格先生让他们找到我，并把物神送给我。这对夫妻在我的诊所住了几个星期，失眠果然好了。头骨具有魔力的观点由来已久。这些天我在医学杂志上看到一个观点认为，从史前时期的墓葬发现的颅部穿孔术，根本不像人们一直认为的那样是为了治疗脑肿瘤或者类似疾病，而仅仅是为了获取某些物神。这篇文章的作者的观点也许是对的。

## 4.7  感冒和尼古丁中毒；烟

在这里工作的头 9 个月，我接待了 2,000 名不同病症的患者。可以肯定的是，欧洲人患的大部分疾病在这里也存在。不过在这里我还没有遇到阑尾炎患者，据说赤道非洲的黑人压根不会得这种病。

所有症状中，感冒是最普遍的。在旱季初期的周日，兰巴雷内的教堂里就会响起不绝于耳的咳嗽声和擤鼻涕声，如同欧洲教堂在除夕日的礼拜仪式。这里有许多儿童死于迟迟不愈的胸膜炎。

旱季，夜晚比平时稍冷。许多黑人因为房子没有屋顶，被冻得无法入眠。按照欧洲的标准，这里其实没有那么冷。即使较冷的夜晚，温度也能达到 18 摄氏度。但是由于白天大量出汗，人们对夜里潮湿的空气格外敏感。白人也会不断地感冒，流鼻涕。

我曾在热带医学教科书中看到一个说法：在烈日下最要警惕感冒。当时看着矛盾，现在发觉很有道理。

夏季，当地人在河边沙洲上露营捕鱼，这对他们尤其有害。在这些日子里，会有很多老人死于肺炎。风湿在这里比欧洲更常见，另外，我也遇到很多痛风患者。当地人并没有大吃大喝的习惯，他们也不可能食肉过量，因为除了夏天捕鱼的日子外，他们平时只吃香蕉和芋头。

我从没想到自己竟然会在这里治疗慢性尼古丁中毒。刚开始我完全不知这里的便秘患者常伴随着神经紊乱，使用泻药会使病情恶化。通过仔细观察和询问一位病情严重的黑人官员，我发现这是大量吸烟的结果。经过治疗他很快就康复了。很多便秘患者声称患病多年，甚至无法工作，我便会问所有的重度便秘患者："你每天会吸多少烟？"几周后我就意识到尼古丁在当地的影响巨大。

烟草呈树叶状，它们在某种程度上代替了零钱的作用。例如用五便士的烟草可以买两个菠萝。一般较小的服务都用烟草作为报酬。这是一种极为常见的烈性草本植物。七片烟叶卷成一个烟卷，价值半法郎。香烟被以这种形式装在大箱子里，从美洲运到赤道非洲。在旅途中，给船夫买食物并不是用钱而是用一箱烟草。为了防止这些值钱的箱子在旅途中被劫，人们必须坐在箱子上，这种可以用来交换物品的香烟可比白人吸的香烟浓烈得多。

尼古丁中毒患者以女性居多。约瑟夫向我解释说，很多当地人严重失眠，他们靠整晚抽烟来麻痹自己。大家在行船途中轮流抽烟斗。如果想航行顺利，就承诺给每个船员发香烟，这样肯定能提前一两个小时到达。

## 4.8  牙科疾病和第一次手术

牙齿的问题也给当地人带来许多痛苦。很多病人的口腔存在大量牙垢，导致牙龈萎缩和化脓。随着时间的推移，这些病人的所有牙齿都会松动，直至掉光。奇怪的是，牙病在这里比在欧洲更容易治疗。不需要采取复杂的方法，只用含有麝香草酚的酒精溶液定期涂抹就可以了。这种药因有剧毒而不宜吞咽。

如果我要拔除还未松动的牙齿，当地人是难以接受的。并不是所有人都信任那把闪闪放光的钳子。一位忍受牙痛折磨的酋长想要接受这样的治疗，但他必须先回家和妻子商量。家庭会议一定否决了这种治疗，因为这位酋长再没有出现。

还有些人要求我把他们满口的牙拔掉，装上欧洲制造的假牙。有些老年人经过传教士介绍，镶上"白人制造"的满口假牙，从而成为其他人羡慕的对象。

女性腹部肿瘤在这里很常见。我也曾遇到过多个癌症患者。

我本来希望等临时木质医疗室建成后再进行较大型的手术，可患者的病情却等不及了。8 月 15 日，我必须给一名在前一晚被送过来的嵌顿疝患者做手术。这种病很危险，这位名叫阿因那的患者请求我立即手术。确实不能耽搁时间了，我急忙从各个箱子中找齐手术器具。克里斯托尔先生把他孩子的卧室借给我用作手术间。我妻子实施麻醉，一名传教士担任手术助理。一切进展得比想象的顺利。这位黑人患者躺在手术台上时所表现出的对我的信任，深深感动了我。一位去欧洲度假的军医很羡慕我第一次做疝气手术就得到如此有力的协助。他做手术时，一名犯人用氯仿实施麻醉，另一名犯人递手术工具。助手只要一动，脚上的锁链就会叮当作响。他们也不舒服，可实在没有其他人帮忙了。无菌处理做得当然不完美，但是好在病人康复了。

## 4.9  河马

在1月10日下午，我还没来得及把上文写下来，就得匆匆忙忙赶到港口。来自恩戈莫传教站的传教士福雷的太太患了严重的疟疾，躺在汽艇上。我刚给她肌肉注射了一针奎宁，这时一只独木舟送来一个年轻人，他的右大腿在湖里被河马严重咬伤，皮开肉绽。这个可怜的人伤得很重。

原来他和另外一个人在捕鱼结束返家途中，快到村庄附近的河港时，河面上突然出现一只河马，愤怒的河马把小船抛入空中。另外一名男子逃脱了。这名男子在水中被河马折磨了半个小时后，终于爬上岸，这时他的大腿已骨折。人们把他错位的腿用脏布包裹起来，用船把他送到我这儿，路上经过了 12 小时的船程，他的伤口已经严重感染了。

我也亲身遭遇过河马，不过幸运地逃脱了。秋天时，有一天傍晚我们去拜访一位种植园主。路上我们必须通过一条大约 50 米长、水流湍急的狭窄河道。在出口处，我们看到有两只河马在远处。回程途中，天已经黑了，为了避开河马和狭窄的河道，船夫建议多花两个小时绕道行驶，但当时船夫已经很疲劳了，我不想再难为他。果然在我们刚要进入河道时，两只河马出现在我们前方 30 米处。它们的吼声就像小孩子在尿壶里撒尿，不过声音更大些。我们的船在靠近岸边、水流缓慢的地方划行，河马沿着对面河岸和我们同步游动。我们一点一点地往前挪。河流中央耸立着棕榈树枝，它们随着流动的河水来回移动，像芦苇般漂荡。梦幻般的月光洒向河岸上漆黑的幕墙，那是茂盛的森林。船夫喘着气，以轻声的呼喊给自己鼓劲。河马抬起丑陋的头，愤怒地凝视着我们。

15 分钟后，我们驶出河道，向下进入支流。远处，河马的嘶鸣声在向我们告别。我暗暗下定决心，将来可不能为了省去两个

小时而不绕道，因为确实太危险了。不过尽管心有余悸，但我还
是非常怀念那迷人的景色。

## 4.10　日晒病

11 月 1 日的傍晚，我再一次被紧急带到恩戈莫。福雷太太由
于疏忽，在未戴遮阳帽的情况下在户外走了一段路，结果发了高
烧并出现其他危险的并发症。

来非洲途中的同伴说的对，太阳是最大的敌人。一名白人在
桌边睡觉的时候，被阳光透过屋顶一个塔勒[1]大小的洞直射了一
会儿，结果发烧至昏迷。还有个人在翻船时弄丢了盔型凉帽，还
未爬上船，他就意识到危险，赶快脱下外套、衬衫盖住头部，但
为时已晚，他已经严重中暑了。还有位小型轮船的船夫在岸上修
理船的龙骨[2]时，头伸向前，把脖子暴露在阳光下，于是就往鬼
门关走了一趟。这位中暑的小轮船船夫，人非常友好，曾接我和
妻子来到恩戈莫。我听从一位经验丰富的殖民地医生的建议，同
时治疗中暑和疟疾，为他肌肉注射高效奎宁。

事实证明，太阳辐射对疟疾患者是非常危险的。有些医生甚

---

1. 塔勒，15 世纪至 19 世纪流通于中欧的一系列大型银币的总称。
2. 龙骨，贯穿船底的纵向连续构件。

至断言，一般的疟疾症状是由中暑引发的。由于患者自己无法进食或呕出所吃食物，为了避免给肾脏造成伤害，一定要给患者及时补充水分。最好是将 4.5 克纯盐溶解在半升净化过的蒸馏水中，通过静脉注入身体。

然而，相比于大人，孩子更不容易中暑。不久前，克里斯托尔太太的小女儿悄悄跑出房外，在太阳底下走了 10 分钟，但是没什么大碍。在这儿，我已经对防暑习以为常了，每次哪怕只是在图上看到有人不戴帽子走在太阳下，我都会打一个冷噤。即使在欧洲时，我也必须很确定，白人这么做不会受到任何伤害，才能安心。

## 4.11　建立诊所及我妻子的工作

从恩戈莫回来，我惊喜地得知，医院的瓦楞铁皮临时棚屋已经建成了。14 天后，房间主要内部装饰也快要完工了。我和约瑟夫将一起搬出鸡舍，布置新房间。我得到了妻子的有力帮助。

我很感谢两位工匠，他们分别是来自瑞士的卡斯特传教士和来自阿根廷的奥特曼传教士。难得的是，我们可以与他们讨论建造诊所的所有细节，他们也充分考虑了医疗方面的各种需要。所以这个小小的铁皮诊所既简单又实用，每个角落都被充分利用。

诊所由两个边长为 4 米的正方形房间组成，前面的房间是问诊室，后面的房间是手术室。延伸的屋檐下还有两个附属房间，一个作为药房，另一个作为消毒室。

地面是水泥的。窗户非常大，直至房顶。这样热空气就不会在屋顶聚集，而是透过窗户散出去。在热带地区，这种瓦楞铁皮窝棚通常非常闷热，可是大家来到我的诊所，都会吃惊地发现这里很凉爽。

这里没有玻璃窗，只有防蚊的细铁丝网。为了防范暴风雨，还装上了木制百叶窗。墙壁上是高价木材制成的宽宽的架子，因为普通的木材用完了，找人锯新的又太贵，还不如使用现存的上等木材，这样还能在几周后就加工完成投入使用。屋顶下面覆盖着白色的布充当天花板，以防范从缝隙钻进来的蚊子。

12 月期间，候诊室和住院病房也建好了。两个房间都是用原木和拉菲亚棕榈叶建造的。我咨询了克里斯托尔传教士，并独立承担了一部分建造工作。患者住宿的房间长 13 米，宽 6 米。还有一个大房间是约瑟夫的房间。

这些建筑在一条 25 米长的小路的两边，小路从诊所延伸至河流边的一个港湾，上面有一棵美丽的杧果树，那里停泊着病人的独木舟。当住院病房的屋顶建好后，我用尖尖的棍子在黏土地上画了 16 个矩形代表床位，中间预留了过道。曾经住在船篷里的患者及家属，终于可以安顿下来了。15 分钟后，独木舟不停地来来回回运送木材。到了晚上，床已安置好。四条粗粗的床腿向外张开，用干草做床垫。床铺距地半米高，下面可以堆放箱子、炊具和香蕉。床的宽度可以让两至三个人并排躺在一起。蚊帐由患者自带。如果床位不够，那么家属只能睡在地板上。

在病房，男女很难分开睡。当地人已经习惯席地而睡，但我要尽量避免健康人睡在病床上而患者睡在地上的现象发生。

这时我有心要为当地人多建几个大型的木板房屋，因为一个住院病房是不够的，必须还有一个房间隔离传染病患者。除了药品，我们什么也不缺，尤其是痢疾患者。

因为昏睡病患者会影响到附近的传教站，所以不能让他们在诊所留宿。将来我会在河的对岸找个僻静的地方，为他们专门建造房屋。

充当药房的铁皮屋让妻子终于有了用武之地。在鸡舍，她分担了我的工作，教给约瑟夫如何清洗工具和准备手术。她会尽心尽力地把弄脏的绷带即时蒸煮消毒。她每天上午 10 点到，认真工作到 12 点才离开，工作的时候一切都保持整洁。

## 4.12　用人的紧缺与普遍的偷窃

我妻子除了做家务外，上午的大部分时间都用来准备用药，下午有手术时她还必须承担麻醉工作。在非洲，最简单的家务活也会相当复杂。有两个原因：一方面由于当地服务人员职能的划分；另一方面，他们也不太可靠。我们雇了三名当地人：一名服务生、一名厨师和一名洗衣工。在比较小的家庭中，把洗衣工的工作分配给服务生或是厨师是很平常的，但在我们这里却行不通，因为会从医院送来大量需要清洗的衣物。要不是因为这个，一个差不多的欧洲女仆就可以包揽所有工作了。在这里厨师只负责厨房里的事情，洗衣工只清洗、熨烫衣服，服务生只负责打扫房间和鸡舍，他们完成自己的工作就各自休息。所以，如果一项工作不属于以上任何一个领域，就必须由我们自己完成。在这个国家，没有女性专门做用人。传教士克里斯托尔的太太为她一岁半的女儿雇了一名保姆，是一位名叫马布鲁的 14 岁黑人男孩。

即使是最好的工人也不可靠，他们抵抗不住一丁点的诱惑。

这意味着绝不能让他们独自在家。只要他们在家工作，我妻子就必须在家，不能给他们任何面对诱惑的机会。他们在医院干活，我的妻子一定也在现场。早晨，我们会给厨师定量的食材：米饭、肉和土豆。厨房里的盐、面粉和调味品也要限量。如果他忘拿了什么东西，我妻子就必须从山下的医院回到山上的家中，把东西拿给他。

不让他们单独在房间，不给他们留存货，不信任他们，他们并不认为这是在侮辱他们的人格。他们希望我们严格执行这些规定，这样如果有偷盗发生，就不关他们的事了。即使我要出门两分钟，约瑟夫也要求我锁上药房的门，他会留在诊室。如果欧洲人不规定这些注意事项，那么黑人会心安理得地偷窃。用约瑟夫的话说，没锁上的东西总是"不翼而飞"。一旦掉以轻心，什么都会被偷。更糟糕的是，黑人不仅会拿走他们觉得有价值的东西，还会拿走吸引他们的东西。萨姆基塔的兰博德有一套珍贵的合集，其中有几册就被偷走了。而我丢了瓦格纳的钢琴谱和巴赫的《马太受难曲》的副本，上面还有我精心创作的管风琴曲！这种愚蠢的偷窃行为简直防不胜防，对此我很绝望。所有东西都要记得上锁，并随时携带一串钥匙，日常生活中，这实在是非常麻烦。

## 4.13　手术与接受手术的患者

从当地人的需求来看，几乎每天都应该做手术。心脏病人们为谁先做手术而争论不休。但是我们一周暂时只安排两到三次手术。因为我妻子应付不了太多术前准备、术后清理和整理仪器的工作，太多手术我也会吃不消。我通常在下午做手术，早晨到下午1点钟左右是包扎和会诊时间。这里的条件没法和气候好的地方比，所以只能这样安排了。

约瑟夫在医院里，看到有血的棉签会俯身捡起来，看到沾血的器具也会拿去清洗。这表明他已经高度开化了——一般黑人不会碰触沾了血或脓液的东西，因为在他们看来，这些是不洁净的。

在赤道非洲的某些地区，很难甚至无法说服黑人接受手术。然而我不知道奥果韦地区的黑人为何争相做手术。可能是因为几年前有个名为若里吉伯特的军医曾在兰巴雷内的区域首领那里住过一段时间，并成功做了一系列手术。他播种，而我收获了果实。

不久前我遇到了一个罕见的病例并为患者做了手术，一些著名外科医生可能还会羡慕我有这样的机会。有个患者侧腹部腹外斜肌最后部分与背阔肌之间，有一块半圆形突起物，这就是所谓的腰疝。这种疾病发生在 12 肋及髂嵴之间，腹腔内脏经腹壁或后腹膜突出，并伴有局部疼痛和肠梗阻等并发症。夜幕降临，手术还没做完，到最后几针时，约瑟夫必须为我提灯照明。患者后来痊愈了。

还有个男孩，小腿已经化脓，分泌物的臭味让人无法接近。由于营养不良又缺乏治疗，那孩子瘦得皮包骨头。经过手术，他现在恢复了健康，人也长胖了。他的手术的成功引起了极大的轰动。

当地人原本很惧怕手术。但幸运的是，到目前为止，我所有的手术都成功了，所以他们渐渐信任我，并接受了手术这种治疗方式。

在他们眼中，麻醉是非常神奇的事情，他们对此津津乐道。这里学校的女生与欧洲的主日学[1]一直有通信来往，在一封信件中这样写道："自从医生来到我们这儿，这里就发生了神奇的事情。医生先把病人杀死，然后为他治病，之后再把他唤醒。"

当地人以为丧失感觉就是死亡。有个人得过中风，他这样对

---

1. 主日学，也叫"星期日学校"，基督教（新教）仿照学校方式在星期日开
   设的一种儿童宗教班级。

我描述症状："我死过去了。"

有的患者经手术康复后，用行动表示感谢。有个 8 月 15 日痊愈的疝气患者和他的亲戚一起筹集了 20 法郎送给我。他说："因为医生缝合肚子用的针线很昂贵，我们来是为了还针线钱。"上文提到的那个小腿化脓的男孩，他的叔叔是一位木工，他为我工作了两周的时间，把老旧的木箱改成了柜子。一位黑人商人派他的工人给我做帮工，保证房屋屋顶在雨季前完工。还有一位黑人为了感谢我在当地造福人民，在告别时给了我 20 法郎用来添置医疗用品。

有一位病人送给我妻子一条河马鞭。什么是河马鞭？就是在河马死后，把 1 到 2 厘米厚的河马皮切成 4 厘米宽、1.5 米长的长条，然后把这些长条放在木板上拉紧，从而使之变成螺旋状。晒干后，这就是一条有弹性、有攻击性的锋利刑具。

可是所有药物到达兰巴雷内后的价格都是欧洲买入价的三倍，这些费用包括装车费、海运费、殖民地关税、河运费、包装费以及由于天气炎热、船舱进水和粗暴装载卸载木箱而产生的巨大损耗。

我和妻子的健康状况一直保持良好，没有发烧的迹象，但我们亟须休息几天。

写到这里时，来了一个患麻风病的老人。他和他的妻子从洛佩斯角湾南部的费尔南多·法斯湖赶过来，这个潟湖与奥果韦河通过一条支流连接。这两个可怜的老人逆流划了 300 多公里，刚刚上岸，已经累得站不起来了。

# 5 1914年1月至6月

兰巴雷内，1914年6月底

## 5.1 塔拉谷哥之旅、奴隶制与狩猎

1月底至2月初，我和妻子来到塔拉谷哥照顾赫尔曼传教士，他生了疟病，正在发高烧。同时，我们也为附近的居民看病。

患者中有一个小男孩，他惊恐万分地躲在屋外，我们不顾他的反抗把他拖进屋里。原来他以为医生要杀死他，并把他吃掉。

这个可怜的孩子并不是从传说中听说人吃人这种事情，而是经历过这种事。直至今天，在帕豪英部落仍然存在着吃人的行为。他们吃了多少人没有定论，当地人因为担心曝光后受到惩罚，对这些事守口如瓶。前段时间，一名男子从兰巴雷内去偏远村庄收欠款，一去不返。还有萨姆基塔的一名工人也离奇失踪。当地的一位知情人士透露，在这里有时"失踪"就意味着"被吃掉"。

尽管政府和教会废除了奴隶制度，并采取相应措施禁止实行奴隶制，但当地人蓄奴的习俗仍然存在。不过这是不公开的，有时去患者家看病，我会发现患者的陪同者并不是当地人，也并非来自附近的部落，我问这是否是奴隶，对方会意味深长地笑道："他只是一个'仆人'。"

这些奴隶没有明确的身份，也不算命苦，他们几乎没有受到虐待，也不想逃跑或是寻求政府的保护。有人来调查时，他们会坚决否认自己的奴隶身份。若干年后，他们就会被部落接受，获得自由之身，并获得相应的权利和土地。这是他们最看重的。

奥果韦地区存在着奴隶是因为饥荒。这就是赤道非洲人民的可怕命运——许多家庭没有庄稼和果树。当地的香蕉、木薯、山药和油棕榈树并不是本土植物，而是葡萄牙人从西印度群岛引进来的。而在这些农作物还没有覆盖的地区，或者生长不好的地区，如果没有其他粮食，就只有饥荒。所以父母们只好把孩子卖到下游，在那里至少还能吃上东西。

在奥果韦河的支流，恩戈莫的上游，饥荒遍野。那里是大部分家奴的来源地。我也听说并亲眼见到了那里的"食土人"。由于饥饿，那里的人习惯吃土果腹，即使在有充足的食物时，他们也会保持这个习惯。

曾经引入奥果韦地区的油棕榈，今天仍然存在。那些曾经有过或仍有村庄的地区，在河流和湖泊的周围都能看到成片的油棕榈树林。如果进入那些人迹罕至的森林，就很难发现棕榈树的踪影了。

我和妻子从塔拉谷哥回程的路上，来自阿尔萨斯的传教士莫哈尔和他的妻子在萨姆基塔热情地招待了我们。我们在他们那里停留了两天。

在萨姆基塔经常有豹子出没。某个秋夜，有一只豹子偷袭了莫哈尔家的鸡舍。听到鸡叫声，夫妇俩以为是当地人来偷鸡了。莫哈尔先生赶紧叫值夜班的人来帮忙，莫哈尔太太爬上屋顶在黑暗中观察。后来，她走向鸡舍想辨认出闯入者，可惜它早在夜色中逃之夭夭了。打开鸡舍的门，她发现 22 只鸡已经被咬断了喉咙，由此断定夜袭者肯定是豹子，因为豹子嗜血。夫妇俩把一只死鸡粘上土的宁放在门外。两个小时后，豹子又来了，吃了门口的鸡后满地抽搐。莫哈尔先生趁机用枪把它击毙。

在我们到达萨姆基塔之前，听说当地还出现过一只豹子，吃了好几只山羊。

我们在卡迪耶先生那里第一次吃到猴子肉。卡迪耶先生是一名优秀的猎手。黑人们对我有些不满，因为我很少使用猎枪。在我们的航行中，有时遇到鳄鱼，我让它继续在水面的树桩上睡觉，不向它开枪。黑人船夫沮丧地对我说："跟您在一起总是一无所获，如果和卡迪耶先生一起，肯定早就猎到一两只猴子或者几只鸟，我们就可以吃肉了，而您就算经过鳄鱼，也压根不动猎枪。"

他们对我的抱怨没错，可我也有顾虑。鸟儿在水面上愉快地盘旋，我不想射杀它们。猴子也可以非常安全地在我面前跳来跳去。而人们往往接连打死或打伤三四只猴子，但并不会把它们据为己有。它们要么挂在密密的树枝上，要么落入不能涉足的沼泽灌木丛中。当人们发现尸体时，通常还能看到号哭的小猴子，攀附在渐渐冰冷的母猴身上。

在兰巴雷内，我房子周围的草地上有大量的蛇，我的枪主要用来对付它们。我们门前棕榈树上的可爱的鸟窝，也经常被可恶的猛禽袭击，我要拿枪射杀这些猛禽。

我们从萨姆基塔回程的路上，遇到一群河马，一共有 15 只。这些河马纷纷入水时，有一只小河马在沙滩上流连，母亲叫它，它也不听。

## 5.2 黑人的法律观念

我不在医院的时候，约瑟夫认真地履行了他的职责，并悉心照料接受手术的病人。有一位病人胳膊骨折化脓，他用过氧化氢溶液为其涂抹消毒。

那个被河马所伤的年轻人现在情况十分糟糕。由于我去萨姆基塔三周时间，没能及时给他做手术，他的伤势越来越严重。我赶紧给他大腿截肢，但他还是死去了。

这名病人临终时，他的哥哥狠狠瞪着另外一名帮忙看护的陪同，轻声跟他说了什么。这名陪同叫恩肯杜尔，当死者被河马攻击时，他同死者在一起，而且是他邀请死者乘那条船去捕鱼的。死者去世后，他的哥哥同恩肯杜尔发生了激烈的争吵。约瑟夫把我拉到一边向我解释了缘由。按照当地人的习俗，恩肯杜尔作为邀请人需要为此负责。为此他不得不离开村庄，整周陪在病人身边。病人去世后，家人打算将尸体运到下游村庄。按照法律要求，恩肯杜尔应该同行，但他知道自己很可能会被杀。我对死者的哥哥说，恩肯杜尔是我的雇员，不让他去了。死者哥哥和我激烈地争吵起来，而死者被放置在独木舟里，他的母亲和姨妈唱起了挽歌。死者的哥哥说，恩肯杜尔可以不死，但是要付赔偿金。约瑟夫却告诉我，这样的保证不值得相信。他们的小船划走前，我必须一直待在沙滩，否则他们会偷偷地用暴力把可怜的恩肯杜尔拖上船。

我妻子对死者哥哥的行为表示很震惊。当他的弟弟快要去世时，那个黑人没有表现出痛苦，而是因为法律的裁决没能兑现而勃然大怒。我妻子对他的冷漠相当愤慨，但她的猜测可能对他并不公平。因为在他看来，他作为死者的哥哥有义务对负有伤害责任的人追究到底，这是他的神圣职责。

对黑人来说，逍遥法外是不可想象的，从这一点来讲，他们的思想非常像黑格尔。法律方面的问题是他们首先需要考虑的，因此，对法律问题的讨论占据了他们的大部分时间。为诉讼问题狂热的欧洲人，和这些黑人比起来，也只算是天真无邪的小孩子罢了。但鼓动这些黑人的可不是对诉讼的狂热，而是坚不可摧的正义感，这是欧洲人所不具备的。

当我为一名患了严重腹水症的帕豪英族人做穿刺时，他告诉我说："医生，请快点做手术，这样我腹中的水就能都流出来，我就可以呼吸、走路了。我的身体变得如此臃肿，我妻子也因此离开了我，我现在必须去把结婚时给她的彩礼钱要回来。"

之前有一个血肉模糊的孩子被送到医院来，他的右腿至髋关节处都已溃烂，我不禁问道："你们为何不早点送过来？"回答是"我们早来不了，大夫。因为要追究责任，要交涉，所以耽误了。"交涉是指为达到合理的结果而不停争论，大大小小的事情都要一样严肃地对待。即使为了一只鸡，整个下午，村里的长辈都要参与谈判。每个黑人都精通法律。

因为责任的覆盖范围非常广，所以法律生活在这里变得如此复杂。如果一个黑人负有债务，那么他的家族甚至远亲都要为此承担责任。处罚是非常严厉的。如果有人擅自使用他人的独木舟一天，必须支付小船价格三分之一的钱作为罚金。

由于具有坚不可摧的正义感，当地人心甘情愿地接受惩罚，即使有些惩罚在我们看来太过严厉了。如果违法者没有受到惩罚，那么大家会嘲笑受害人很愚蠢，他会觉得受到了严重侮辱。因此，即使一点点不妥当的判决也会引起极大的争执。只有当事人真正被认定有罪，必须认罪的时候，受害人才认为处罚是公正的。只要有一点证据能证明自己无罪，违法者就会表现得义愤填膺并极力摆脱罪名，即便他确实做错了。与当地人打交道，必须了解他们的这种法律观念。

在捕鱼身亡事件中，恩肯杜尔虽然与遇难人死亡只有间接的关系，但作为同行人，他理所当然要支付一笔补偿费，不过应当按规定提交诉讼到兰巴雷内的地区法院进行裁决。后来我雇佣恩肯杜尔做我的第二医疗助理，虽然他像大多数当地人一样仍未开化，但非常机灵。

## 5.3  我的医疗助理约瑟夫

约瑟夫一直让我非常放心。虽然他既不会读，也不会写，但他从药橱拿药时，从来不会弄错。虽然他根本不认识那些字母，但他记得药品的形状。他的记忆力非常惊人，语言天赋尤其出色。他掌握了八种非洲方言，甚至还能说些英语和法语。

约瑟夫现在是单身，他在海边做厨师的时候，他的妻子与白人私奔，离开了他。购买一个新妻子的价格约为 600 法郎，这笔费用可以分期付款。但约瑟夫不想购买妻子，他觉得这样很"恶心"。他说："如果购买妻子的费用没付清，那么丈夫的生活就会非常苦：妻子会不服从丈夫，在每一个场合都会指责丈夫，而丈夫也无话可说，因为他还没有付清费用。"

约瑟夫与当地黑人一样缺乏节约的观念，所以我给了他一个储蓄罐，建议他把各类收入储存起来，包括夜间值班费、特殊护理费以及白人给的小费，这样就可以娶到女人做妻子了。

这个自称是"兰巴雷内医生的第一助理"的人，让我见识到了他是如何挥霍的。有一天他陪我去商店买钉子和螺丝，商店里的一双漆皮皮鞋让他眼前一亮。这双皮鞋大概需要花费他一个月的工资。由于在巴黎的商店橱窗里摆的时间太久，长期被太阳照射，鞋面已经开裂，所以这双鞋和其他处理品一起被发往非洲倾销。那个白人店主再三引诱约瑟夫买下它。我不能当面说什么，因为如果我劝阻约瑟夫，那店主一定会怨恨我，于是我给约瑟夫使眼色。结果无济于事。我又轻轻地碰了几下他的胳膊肘想提醒他，但当时柜台的人太多，互相挤来挤去，所以他也并未察觉。

最后，我在后面偷偷地使劲掐他的大腿，直到他无法忍受疼痛，不得不中断与店主的交易。我们坐独木舟回去时，我教育他很久，提醒他这样大手大脚地消费太孩子气，结果他还是在某天偷偷跑去那家商店把皮鞋买了。他从我这里得到的工资一半都被他用来买衣服、鞋子、领带和糖果了。他比我打扮得更优雅。

最近几个月，工作越来越繁忙。因为我的诊所地理位置优越，正好在流域的中部，方圆数百公里的病人都可以从奥果韦河及其支流的上游和下游乘坐独木舟来到我这里，并且医院设施齐全，他们的陪护人也可以在医院留宿。还有一个重要的原因：我总是留守在医院，目前为止仅有两三次因为要去护理病重的传教士或去患者家中诊治而离开医院，那些远道而来的患者，路上虽然花费了大量的金钱和体力，但来到医院一定可以找到我。这就是我作为自由医生与政府雇佣医生的巨大差别。那些军医经常被政府随军派到这儿派到那儿，或者不得不跟着车队一起长期奔波在路上。一位路过的随军医生羡慕地对我说："您不用像我们一样花费很多时间写报告、做统计，这就是您的巨大优势啊。"

## 5.4　昏睡病

河对岸的昏睡病疫区房屋正在建设中。我不仅为此花费了很多金钱，还花费了很多时间。如果不亲自监督招募来的工人去开垦森林、修建房屋，那么这些事根本做不起来。每天下午，我不得不暂时把病人放在一边，去做监工。

当地的昏睡病比我最初想象的蔓延得更为厉害，它的患者主要分布在奥果韦河的支流恩古涅河流域，该流域距我这里 150 公里。在兰巴雷内市周围和恩戈莫的湖泊周围，昏睡病也有分布。

什么是昏睡病？它是如何传播的？昏睡病在赤道非洲一直存在，但是原本由于交通隔绝，这种病只在各部落内部传播。从我的窗户向外望去，可以看到恩古涅的河流汇入奥果韦河。在兰巴雷内周围居住的伽罗伊斯族人在此流域活动。不同部落只在边界处进行货物交易，不踏进其他部落的领土。如果有人跨越部落边界，那么就有可能被异族部落的人吃掉。

欧洲人来到这里后，把黑人和货品从一个地方运送到另外一个地方。病菌附着在昏睡病患者接触过的东西上，传到其他的部落。奥果韦地区以前并未出现这种病例，昏睡病是 30 年前由来自卢安果的搬运工带过来的。

昏睡病每传播到一个新的地区，首先引起的就是严重的瘟疫，约三分之一的人口会染病死去。乌干达地区在昏睡病发作时，当地人口在六年间从 30 万迅速下降到 10 万。一位军官告诉我：在奥果韦河上游的某个村庄大约有 2,000 名村民，两年后他再来到这里，发现只剩下 500 人，其他人都死于昏睡病。

过了一段时间，昏睡病渐渐失去威力，但还是有人染病死去，没人能解释原因，它还会不定时地卷土重来。

昏睡病开始时的症状并没有规律，发烧症状时而严重，时而缓解。有时症状持续了几个月，患者都没察觉到自己生病了，也有时身体健康的人突然就陷入半昏睡状态。病人通常在发烧期间会出现严重的头痛症状。许多病人来到我面前哭号：“医生，我头痛，我头痛！我不能活了！”

昏睡病患者有时被失眠折磨，有的患者甚至因此患上精神疾病，例如莫名的狂躁或是严重的抑郁。我的第一批昏睡病患者中，就有一个男子因试图自杀被强制送到我的诊所接受治疗。

除发烧外，昏睡病患者通常患有风湿病。住在恩戈莫湖附近的一位白人患者还患有坐骨神经痛。我为他仔细检查后，确定他处于昏睡病初期。于是，我立即将他送往法国巴黎的巴斯德研究所。巴斯德研究所是一家专门为法国的昏睡病患者提供医疗服务的机构。

在昏睡病初期，大多数患者都能察觉到，自己的记忆力以令人惊恐的速度衰退。这往往是昏睡病初期较为引人注意的症状。

所有患者都有明显的昏睡症状，但有的要等第一次发烧过后两三年后才开始表现出明显的昏睡症状。最开始，患者仅仅是嗜睡。只要安静地坐着，或是刚刚吃过饭，患者都会困得打瞌睡。

不久前，一位来自穆伊拉的白人军官在路上辗转了六天，专程来找我。因为他在清洗手枪时，不小心将子弹打进了自己的手掌。这位白人军官住在天主教传教站，他每次来我这儿包扎伤口，都带着他的黑人侍从。他就诊的时候，黑人侍从就在外面等候。军官离开诊所时，总要到处呼喊寻找他的侍从，直到他睡眼惺忪地出现在我们面前。军官不禁向我抱怨道："已经不止一两次了。只要他在一个地方待着，马上就能进入昏睡状态。"于是，我为这个黑人男孩做了抽血检查，发现他患有昏睡病。

一旦患者开始有明显的昏睡症状，昏睡的时间就会越来越长，直到昏迷不醒。到那个时候，患者完全沉睡，毫无知觉，任由粪便和尿液不受控制地排出，患者的身体也会日益消瘦。因为长期躺着，背部和身体两侧的皮肤都会长满溃疡。溃疡会慢慢扩散到膝盖、脖子以及全身，那个样子真是惨不忍睹。

从患病到死亡，病人要煎熬很长一段时间。这期间病情可能会持续好转。

12 月份，我收治了一名昏睡病晚期患者。四个星期后，他的家人认为他治愈希望渺茫，所以匆忙将他带走，好让他在自己的部落离世。我也估计他会很快离世。但年底的时候，我得到消息，他离开医院回到部落后又可以进食、说话了，并慢慢能够坐直身子。直到第二年四月份，他才离世。

通常，昏睡病患者最终都死于肺炎的并发症。近代医学的最新成果之一就是对昏睡病本质的认识。对此，福特、卡斯泰拉尼、布鲁斯、达顿、科克、马丁和勒伯夫都做出了巨大贡献。

1803 年，研究者对塞拉利昂当地的昏睡病人进行了详细的观察并做了记录。这是关于昏睡病症状的首份记录。随后，从非洲被带到安的列斯群岛和马提尼克岛的非洲人也成为研究对象。直到 19 世纪 60 年代，人们才在非洲展开针对昏睡病的大规模医学观察。然而，这个时期的观察只聚焦于昏睡病最后一个阶段的症状，之前几个阶段的症状，人们仍未了解。当时，没有人会想到，长期发烧竟然会跟昏睡病有关联。直到研究发现两种病症患者血液中的病原体相同，才把久治不愈的发烧与昏睡病联系在一起。

1901 年，英国医生福特和达顿在冈比亚用显微镜观察该地区的发烧病人血液，没有发现预期的疟疾寄生虫，却发现了一种新的寄生虫。这种小型生命体会游动，形状很像旋转的钻头，因此，他们将这种寄生虫命名为锥虫。两年后，英国探险队在乌干达地区观察研究了一系列昏睡病患者后，也发现了这种寄生虫。在一篇公开发表的研究报告中，福特和达顿提出了一个问题：乌干达地区的昏睡病患者患病原因和冈比亚地区的发烧患者患病原因是否一样？为解决这个问题，福特和达顿分别对那些昏睡病患者的血液和发烧患者的血液进行了检验。结果显示，两群患者的血液内有一样的病原体。这就证实了，"冈比亚的发烧症状"其实是昏睡病的初级阶段。

传播昏睡病的媒介主要是须舌蝇，它是采采蝇的一种，只在白天活动。一旦须舌蝇叮了患有昏睡病的人或者牲畜，染上寄生虫后，就能长期传播昏睡病，甚至至死方休。昏睡病的病原体——锥虫，是通过血液传播的，而且传播后，锥虫会在新感染的生命体中逐倍增长且潜伏很久。须舌蝇以叮咬的方式，通过唾液将锥虫传播到人体血液中。在近期对于昏睡病的研究中，专家发现，蚊子也是昏睡病的传播媒介之一。蚊子叮咬昏睡病人后，再去叮咬健康人，锥虫就会通过蚊子的唾液传播到健康人的血液里。这样，须舌蝇白天传播昏睡病，蚊子夜晚传播昏睡病，可怜的非洲人无时无刻不受到昏睡病的困扰！

但是蚊子并不永久携带锥虫。它们的唾液在叮咬昏睡病人后，会感染锥虫，但在一段时间后就会失去传染性。

一系列研究表明，从本质上来看，昏睡病是一种会导致死亡的慢性脑膜炎症及大脑炎症。因为最初存在于血液里的锥虫，会逐步侵入大脑和脑脊液。

因此，治疗昏睡病的关键就是消灭锥虫。如果锥虫仅仅存在于血液中，还未侵入大脑和脑脊液，昏睡病是可以治愈的。因为目前唯一能治疗昏睡病的有效药物——有机砷剂阿托克西耳只能在血液里发挥作用。一旦锥虫侵入大脑和脑脊液，它就或多或少对这种药免疫了。阿托克西耳是一种砷化合物（氨基苯砷酸钠）。

因此，医生在遇到发烧病例时，必须确认是否是昏睡病的第一阶段。越早确定病因，治愈就越有希望。

在昏睡病流行的地区，病情的诊断会异常复杂。因为每一例发热症状、每一例持久性头痛症状、每一例顽固性失眠病症以及所有风湿性疼痛的病例，都需要用显微镜来仔细检测患者的血液。更糟糕的是，检测血液中的锥虫的方法不仅麻烦，而且非常耗费时间。这种白色的寄生虫，仅仅 0.018 毫米长，非常纤细，并且很少在血液中大量出现。迄今为止，我本人仅有一次观察到三四条锥虫在显微镜下同时出现。通常情况下，医生连续检测病人的多滴血液，找到锥虫后，才会确诊。在检测时，每一滴血都需要仔细观测十分钟。我曾经为一位疑似患者检查了一个小时，观测了四五滴血，却一无所获。就算这样，我也不能断定，他不是昏睡病患者，只得用更漫长、更复杂的方式来检测。于是，我从患者胳膊的静脉里抽取十毫升的血液，根据一定的方法，将血液用离心机分离一小时。通过这样的方法，我可以把最上面的一层血清剥离，将可能聚集了锥虫的最下面一层血浆拿到显微镜下观测。如果没有观测到锥虫，我还是不能断定，患者没有患上昏睡病。如果当天没有发现锥虫，十天后再次检测时仍可能发现；如果当天发现了锥虫，三天后检测时可能又找不到了！曾经有一位白人军官，在被我确诊感染锥虫（昏睡病）后，又去利伯维尔检测血液，耗时数周。这几周里，利伯维尔的检测人员没有在任何一滴血液中发现锥虫。于是，这位患者再次辗转到布拉柴维尔的昏睡病研究所接受血液检查，这次血检才再次检测到锥虫。

如果是两个带有可疑发烧症状或者头痛症状的病人来找我，我会很感兴趣，并且一定会给他们做详细的检查，也就是说，我一定会花一整个早上在显微镜下观察他们的血液。然而，诊所外肯定会坐着二十多名患者，想着在中午前能看完病！同时，或许还有病人在等着术后缝合；也许病人的脓疮需要及时处理；抑或有病人焦急地等待拔牙……为此，我必须提取蒸馏水，准备相关药品。这些复杂的事务以及病人的不耐心，常常让我极度焦虑，以至于我自己都不认识自己了。

如果我发现疑似患者的血液里含有锥虫，就会马上给他注射阿托克西耳。具体方法是：先将阿托克西耳溶入蒸馏水，再将含有阿托克西耳的溶液注入病人的皮下。剂量是第一天 0.5 克，第三天 0.75 克，第五天 1.0 克，之后每五天 0.5 克。患有昏睡病的妇女和儿童，剂量会相应减少。相比于简单直接地使用，阿托克西耳经过 110 摄氏度高温消毒后，药效更强。

其实，阿托克西耳是一种非常危险的药物，像新胂凡纳明[1]一样会在日光下分解并含有毒性。即使处理得当，使用得当，它依然可能破坏视神经，最终导致患者失明。这不是使用剂量过大造成的，小剂量使用往往更加危险。此外，小剂量使用对病症没有任何的治疗效果。如果医生为了测试患者的耐药性，只给患者注射很小剂量的阿托克西耳做皮试，那么患者血液里的锥虫就会适应这个剂量，并会因此生成抗体。也就是说，一旦锥虫适应了这个剂量，之后就算医生给患者注射最大剂量的阿托克西耳，也无法发挥治疗作用。

我的昏睡病病人会每五天到我这儿来注射一次阿托克西耳。每次注射前，我都会忧心忡忡地问病人是否感觉视力下降。幸运的是，迄今为止，只有一个患者因为注射阿托克西耳而失明，而这个患者已经到了昏睡病晚期。

目前，昏睡病已经从非洲东海岸蔓延至西海岸，从北部的尼日尔蔓延至南部的赞比亚。仅仅靠我们，就能拯救当地的患者吗？必须投入大量的医护人员和大量的金钱，才能系统有效地控制昏睡病在这片广袤的非洲大地上蔓延……

1. 一种含砷药物，曾被用来治疗梅毒。

由于欧洲国家吝于采取更强有力的手段，在与病魔的斗争中，我们只能落得下风。而欧洲自身的防御也是形同虚设，昏睡病病魔的下一个目标极有可能是欧洲大陆，并很可能取得胜利。

## 5.5　皮肤疥疮

除了昏睡病外，我绝大多数时间都在治疗疥疮，即皮肤脓肿、溃烂。这里皮肤病的感染比欧洲频繁，当地学校四分之一的孩子经常感染皮肤疥疮。这些皮肤疥疮是如何产生的呢？

许多皮肤疥疮是由沙蚤引起的。沙蚤比普通的跳蚤要小得多，雌性沙蚤最喜欢钻入人脚趾最柔软的地方，也就是脚趾指甲下的皮肤，并形成扁豆大小的虫窝以用于孵卵。将这种寄生虫完全移除会造成一定的皮肤创伤。如果伤口感染，就会出现脚趾或趾节的溃烂。在这里，十个脚趾健全的黑人相对来说很罕见，多数人是一个或多个脚趾感染了皮肤疥疮，甚至已经残疾。值得注意的是，沙蚤并不是土生土长的，而是 1872 年由南美洲传入，但它却在非洲制造了名副其实的瘟疫。几十年间，它横扫这片非洲大陆，从大西洋海岸传到印度洋海岸。此外，非洲还有一种非常凶狠的蚂蚁，也是从南美洲随着集装箱漂洋过海而来的。

沙蚤还能引起盘尾丝虫病。盘尾丝虫病传播的范围和人群都非常广，尤其容易在脚和小腿处引发感染，导致剧烈疼痛。至今，其病原体依然未知。医治的方法是：首先用药棉将溃疡剔除，直到新鲜血液正常流动；然后用氯化汞清洗伤口，并使用硼酸粉末填充在伤口处；最后用绷带包裹伤口 10 天。

另一种常见皮肤病是树莓病（热带霉疮），这种皮肤病可以发生在身体的任何部位。树莓病的名字非常形象。因为患者一旦感染树莓病，其溃烂的皮肤上就会覆盖着黄色的痂疹，痂疹被去除后，出血的表层就会裸露，裸露的表层看起来就好像粘在皮肤上的树莓。有一次，一个患有树莓病的婴儿被送到我这儿，他的皮肤看起来就好像粘连在一起的树莓表皮。他是在哺乳期被母乳传染的。就算这些第一次起的痂干瘪了，接下来的几年，患者身体的各个部位还会出现浅层脓疮。

这种热带地区的疾病具有很强的传染性，几乎所有的黑人都得过这种病。过去的处理方式是用硫酸铜溶液擦拭患处，并给患者每日服用含有 2 克碘化钾的药水。最近临床证明，给手臂静脉注射新胂凡纳明可以产生快速持久的疗效。通过这种方式，溃疡会奇迹般地消失。

最恶心的溃疡是所谓的热带溃疡（一种皮肤和皮下组织感染后形成的急性特异性溃疡），这种疾病能传播到所有地区。这种病多发于腿部，通常，患者的整条腿都会被感染，以至于腿上肌腱和骨头就像白色的小岛一样。这种病会引起剧痛，并导致患者腿部散发恶臭，熏得别人很难在他们身边停留。他们只能躺在小茅屋里，由别人送饭。受尽折磨后，患者会慢慢消瘦，最终死去。这种可怕的溃疡在奥果韦地区很猖獗。简单地给伤口消毒、对伤口进行包扎对这种病症的治疗是没有任何效果的。有效的医治方法是：首先必须将患者麻醉，并将溃疡小心刮干净，再将伤口消毒，直到健康皮肤组织中的血液可以自由流动，然后用高锰酸钾溶液清洗伤口，再用绷带包扎伤口。之后，医护人员必须每天仔细观察患处，一旦再次化脓，就要马上将其刮干净。这个治疗周期可能持续几周甚至几个月，整个治疗过程需要用掉半箱子绷带。供养病人这么久，让我付出了很高的代价。但是，当病人摆脱了疼痛和恶臭，虽然腿上依然还带着伤疤，但能够一瘸一拐地弯曲着双腿走路，登上独木舟回家时，我心中的喜悦也是无法言喻的。

### 5.6 麻风病、热带疟疾和痢疾

麻风病患者也耗费了我很多精力。麻风病是由挪威医生汉森在
1871 年发现的。麻风病的病原体是麻风分枝杆菌。在这里，想要
隔离麻风病人是不可能的。有时我的患者里有四五名麻风病患者。

令人奇怪的是，尽管医生还无法证明，或者通过实验证实，
但我们必须接受的事实是：麻风病是通过人传播的。目前唯一能
治疗麻风病的药物是所谓的大风子油，是从东印度的某种树籽中
提取的。它的价格昂贵，在药品贸易中经常被伪造。来自瑞士法
语区的传教士德洛尔，曾在新喀里多尼亚地区治疗过多位麻风病
人，有相对可靠、直接的购买渠道，所以我从他那里可以拿到纯
正的药物。这种药物难以下咽。按照德洛尔传教士的指导，我将
其用芝麻油和花生油混合，混合后的药物，更容易服用。目前新
的推荐治疗方法是直接在皮下注射大风子油。

麻风病是否可以完全治愈并且永不复发，在当今医学界是存
疑的。但是无论如何，治疗能够在一定程度上使患者的病情有所
好转，并维持住这一状态，有时，就已经等同于治愈了。近几年
来，人们尝试着从麻风分枝杆菌里提取分枝杆菌脂来治疗麻风
病。这给人们带来了希望。一旦临床试验成功，麻风病就能得到

有效治疗。

　　像每个热带地区的医生一样，我也要为诊治热带疟疾（或者称为沼地热）付出很多时间和精力。对于当地人来说，时不时地发热并伴有寒战不足为奇，但孩子得了这个病是最受罪的。这种发热会导致患者的脾膨胀、变硬和疼痛。有时，患者的脾脏硬得就好像是石头从左侧肋骨下方塞进了腹部一样。很多时候，这种疼痛和变硬的症状甚至延伸到患者的肚脐处。倘若我让得了热带疟疾的孩子平躺在桌子上，给他们做身体检查，他们就会本能地用手和胳膊捂着疼痛的位置，因为他们非常害怕我会不小心碰到那块疼痛的"石头"。我用肉眼就能很清楚地看出患者疼痛以及变硬的那个部位。患上疟疾的黑人着实可怜，他们很容易疲劳，并深受头痛的困扰，即使只是轻松的工作对于他们来说也显得很繁重。众所周知，持续性疟疾一直伴随着贫血的症状。治疗热带疟疾的有效药物是砷和奎宁。我们的厨师、洗涤工和用人每周服用奎宁两次，每次 0.5 克。有一种名为阿列那耳的砷制剂，可以极大地提高奎宁的药效。因此，我在治疗疟疾病人时，经常在他们皮下注射阿列那耳。

　　在众多非洲瘟疫中，痢疾当然不能落下。它是由单细胞生物——阿米巴变形虫——引起的。它聚集在结肠部位，损害肠壁，引发剧烈疼痛。一旦患上这种病，患者每时每刻，不分白天黑夜，都想排泄，而排出来的只是血。以前，痢疾的常规治疗期很漫长，而且收效甚微。多年来，唯一的治疗药物就是吐根。人们将吐根茎磨成粉末状，用来口服。但因为患者口服吐根会引发剧烈呕吐，所以，这种治疗方式常因有效剂量不足而失效。近几年来，人们开始从吐根中提取依米丁。相比于吐根粉，依米丁有效多了。只要患者坚持连续多天在皮下注射 6 至 8 毫升的依米丁，病情就能很快得到改善。大多数情况下，治疗效果都很稳定。在治疗过程中，病人不需要特别注意饮食。黑人可以吃河马肉，白人可以吃土豆沙拉。如果医生能获得这两种治愈痢疾的新药——新胂凡纳明和依米丁，那么他来热带地区工作就绝对有意义。

热带医生的大部分工作都是与邪恶的疾病做斗争。这些疾病是欧洲人带给这些纯真的非洲人的。这个事实，我也只能在这儿说说，而这草草数言背后是多么深重的苦难啊！

## 5.7  手术

在这片原始森林里，人们只有在生命受到严峻威胁并且手术成功率很高的情况下，才会接受手术。我接触最多的是疝这种疾病。生活在非洲中部的黑人比白人更容易患上疝，而造成这个差异的原因，我们还不清楚。黑人也比白人更易患上绞窄性疝。一旦患上绞窄性疝，肠子就会不通畅，肠子里的气体会加速膨胀，从而引发剧痛。数天之后，如果肠穿孔不能恢复，病人就会痛死。我们的祖先很早就知道疝会引发可怕的死亡。当今欧洲因这种疾病而死亡的病例已经比较少见了，因为只要医生确认是疝这种病症，马上就会给病人动手术。欧洲医学院的学生不断被灌输：在太阳落山前一定要完成治疗绞窄性疝的手术。而在非洲，疝导致死亡的现象很常见。当地黑人很小就亲眼看见疝患者整天在家门口的沙地里嚎叫、满地打滚。直到死亡那一刻，患者才能解脱。疝患者中，女性比男性患者少得多。一旦有男性患者感觉自己的肠子被挤压了，就会恳请他的家人，用独木舟带他来找我。

当这样一个痛苦的可怜人被带到我面前时，我的感受真是难以形容！我是这方圆几百公里内唯一可以帮助他的人。因为我在这里，而且我的朋友们给了我药物，所以这个患者以及那些在他之前或之后来的、与他情况相同的患者才能被挽救。否则，这些患者只能忍受病痛的折磨。我并不想说，我能挽救这些患者的生命。我们每个人都会面临死亡。我想说，我有幸能让患者摆脱病痛，这是上天赐予我的莫大恩典。相比于死亡，病痛更可怕。

我把手放在哀号的病人的额头上，对他说："安心吧！一个小时后，你就会睡着。当你醒来的时候，痛苦就不在了。"为此，他要接受皮下注射阿片全碱。我请妻子到手术室里，跟约瑟夫一起准备手术用品，她负责给病人实施麻醉，约瑟夫做手术助理，戴着长长的橡胶手套，随时准备协助手术。

手术结束后，我在昏暗的手术棚屋里，监控着病人的术后反应，等着他醒来。病人一苏醒，就马上惊讶地四处张望，并不断重复着："我不痛了，我真的不痛了！"他紧紧握住我的手，久久不愿松开。然后，我就跟他以及他旁边坐着的人说："是耶稣让我和我的妻子来到奥果韦这个地方；是欧洲人给我们提供了药物，资助我们长期住在这里为非洲人治病。"再然后，我回答了一些问题，比如欧洲的白人是谁？他们住在哪里？他们怎么知道当地这么多人患病……阳光透过咖啡树，照进我们昏暗的小屋。我们两个白人和黑人坐在一起，感觉就像是亲人。如果慷慨的欧洲的朋友们此时能和我们坐在一起感受此情此景，那就再好不过了……

# 6 丛林里的伐木者和撑筏者

洛佩斯角湾
1914年7月25日至1914年7月29日

## 6.1 寻找合适的林场

这段日子，我患了脓肿，我和妻子被迫来到下游的洛佩斯角湾。因为我觉得，要切开这个脓肿，就必须向洛佩斯角湾那里的军医寻求帮助。幸运的是，我们一到达洛佩斯角湾，这个脓肿就自己裂开了，这样就不必担心由手术引起的并发症了。我和妻子到朋友傅立叶家做客，受到了热情款待。傅立叶先生被某国外公司派驻非洲。夏天的时候，傅立叶太太为了待产，在我们兰巴雷内诊所待了两个多

月。傅立叶先生是法国哲学家傅立叶[1]的孙子，而我在学生时代
曾经拜读过哲学家傅立叶的社会学理论。现在，他的曾孙在这片
原始森林里出生了。

我的身体仍无法自由活动，我只能天天躺在阳台的躺椅上，
和妻子一起遥望大海，呼吸海边新鲜的空气。仅仅是感受一下
空气的流动，对于我们而言，就已经是莫大的幸福了。在兰巴雷
内，除了短暂的雷雨风暴和龙卷风外，平时没有一丝风。

我利用这些空闲时间，来介绍一下在奥果韦地区的伐木者和
撑筏者的生活吧。

大概三十多年前，人们开始在西非和赤道非洲一带大规模砍
伐森林。这个任务并不像看起来那么容易。原始森林里确实有大
量上好的木材，但是如何砍伐和运输呢？在奥果韦地区，有砍伐
价值的通常只有河道两岸的木材，而距离河道或者湖泊一公里以
外的好木材则无人问津。因为木材如果不能搬运出去，砍伐它们
又有什么用呢？

人们为何不在森林里建设铁路来运输木材呢？只有不了解赤
道非洲原始森林的人，才会提出这个问题。原始森林的地面上巨

1. 此处指夏尔·傅立叶，1772 年~1837 年，法国哲学家、思想家、经济学家、
   空想社会主义者。

大的根茎交错，沼泽遍布。铺设铁轨需要砍掉树木、挖出树根并把沼泽填实。仅仅铺设一段 200 米长的铁路，就要牺牲洛佩斯角湾地区 100 吨以上的上好木材。因此，只能在地形合适、成本不高的前提下，才能铺设铁路。到了森林，人们才会知道，人类面对自然是多么的无能为力！

这通常就意味着，砍伐树木只能按当地的原始方式进行。只有当地的原住民能充当劳动力，但是，他们的人手远远不够。有人说，要让越南人和中国人移民到这里。但这个想法是不切实际的，因为他们忍受不了非洲原始森林的炎热和露营的生活方式，也吃不了这片土地提供的食物，他们难以在丛林生活下去。

砍伐树木意味着，首先要正确地寻找到树木的生长位置。在森林里，不同树种交错生长在一起，只有找到水域附近某种所需树木生长密集的地方，砍伐才有意义。当地人非常熟悉这样的地方。通常情况下，这些地方位于森林深处，在高水位附近，与主河道旁的狭窄直流或小池塘相连。当地人只会把这些地方深深地藏在自己的脑海里，并故意误导那些想要找到这些地方的白人。有个欧洲人跟我说，当地人在长达两个多月的时间里，接受了他所送的大量礼物，如香烟、烧酒和丝巾。作为回报，那些原住民每天都得陪着他去寻找好木材的聚集地。但是，利于砍伐的木材聚集地，他一块都没找到。终于有一次，他偶然偷听到，原来当地人故意带着他绕开那些好木材的聚集地。为此，他和这些原住民中断了所谓的友谊。

干流两侧的树木，大部分都已经被砍掉了。

欧洲公司拥有约一半林场的砍伐许可权，而其余的林场可以被自由砍伐。事实上，只要有木材的地方，不管黑人还是白人，每个人都可以自由砍伐。就算是欧洲公司拥有特许经营权的林场，黑人也可以自由砍伐，就像在自由林区一样。但前提是，木材必须卖给欧洲公司，而不能卖给其他的木材销售商。

在这里，最重要的事，不是拥有林场，而是拥有可供出售的木材。黑人自己砍伐出售的木材比欧洲人雇佣工人砍伐出售的木材要便宜，但是黑人的木材供应具有不确定性，所以与他们交易并不可靠。当市场对木材的需求量达到最大值的时候，或许正是他们庆祝节日或者出海捕鱼的时候。所以，每个公司都会购买黑人砍伐的木材，但同时也会自己雇佣工人砍伐树木。

## 6.2 林场的工作与生活

发现一个优良的林场后，整个部落的成员都会蜂拥而至，联合起来开采，或者白人雇佣工人先修建小木屋来休息和住宿。最大的问题是食物的供给。如何在荒郊野岭给60位甚至上百位工人提供食物？距离最近的村庄和最近的种植园或许有40公里远，而且只能通过泥泞的沼泽地徒步到达，行程异常艰难。目前，香蕉和木薯是常见的食物。但因为这些食物体积较大，所以难以运输。而且，它们的保鲜期只有几天。赤道非洲最不幸的，是这片地区几乎不生长可以长期保存的食物。这里的自然环境只保证全年都能生长香蕉和木薯。根据不同的气候情况，它们的产量有高有低。但是香蕉和木薯分别在被采摘六天和十天后就会腐烂。

木薯根本身是不能吃的，因为它含有氰酸，有剧毒。为了去掉木薯根的毒，需要将木薯根放入流动的水中搁置数天。有一次，商人斯坦利失去了300名搬运工人，就是因为那些工人吃了没有充分浸泡过的木薯根。如果木薯根在流动的水里经过足够长时间的浸泡，就会碎成小块并发酵，然后会形成一种硬且发黑的块状物，人们用长条状的叶子将其包裹保存。但这种木薯棒令欧洲人难以下咽。欧洲人比较习惯的是将木薯粉做成西米，我们经常把西米放在汤中。

因为当地的食物实在难以保证定期供给，所以黑人伐木工不得不以欧洲的大米和罐头为生。其中一种便宜的、专门出口非洲中部的沙丁鱼罐头可以大量供应。国外工厂的库存也很充足。此外，为了变换花样，还有多种食品可供选择，如龙虾罐头、芦笋罐头和加州水果。对富裕的欧洲人而言，最贵的罐头也不算什么奢侈品，但黑人伐木工只有在特别需要时才会吃。

如果靠打猎生存呢？在真正的原始森林里，靠打猎是很难填饱肚子的。原始森林里可能有些野生动物，但猎人如何在茂密的灌木丛中发现并跟踪它们？没有树木生长的沼泽或者草原和丛林交替的地带，才是最理想的狩猎地点。但是，这种地方通常没有树木可以砍伐。所以，这一切听起来很矛盾：赤道非洲的森林虽然植被丰富，野生动物繁多，但人们在这里却很容易饿死。

除了饥饿，伐木工人还要白天忍受采采蝇，夜晚忍受蚊子。他们还必须一整天泡在深及腰部的沼泽地中工作。因此，所有工人都经常发烧，且普遍患有风湿病。

砍伐树木是非常累的，因为树干很粗。而且，参天大树的树干并不是规则的圆柱体，也不是直立着向上生长的。树干有许多巨大的、棱角分明的凸起，这些凸起支撑着很多支干，围绕着主干生长，并且深深地扎根土中。奇妙的大自然就好像从师于最好的建筑师，给这些参天大树提供了对抗龙卷风唯一有效的保护。

很多情况下，从地面开始砍伐树木是完全不可能的，只能从齐头顶的高度开始，或者必须先做好一个支架，然后站在支架上砍伐树木。

挥汗如雨地工作几天后，工人们终于可以歇歇手中的斧头了。但是这个时候，大树还没有倒地。因为它的枝杈已经与邻近树木的枝杈和巨大的藤蔓交织在一起。只有将互相缠绕的枝杈和藤蔓砍断，大树才会连同这些枝杈和藤蔓一同倒地。

大树树干倒地后，切割就可以开始了。工人们用锯子或斧头将其锯成或劈成4到5米长的木头段。树干的截断面直径不到60厘米时，工人就会停止切割，把剩下的木头扔在那里，任其腐烂。太粗的木头也会被舍弃，因为它们用起来太笨重了。木材商人只想要直径在60到150厘米范围内的木材。

树木的砍伐和切割通常在旱季进行，也就是6月到10月这个时间段。这时，人们就会在林间空地上开出一条路，这样三吨左右重的原木可以顺着这条路滚到一个池塘边。为了开辟道路，人们必须先清理深埋于地下的树根和倒地的巨大树冠。有时，大树倒地的瞬间，七零八落的大树杈可以插入土中数米之深。最终，道路总算开辟出来了。穿过沼泽的路上布满了木头。原木一块接一块地在路上滚着。30 个工人有节奏地叫喊着，在路上慢慢推着一根根木头，使它们沿着轴线向前滚动。如果原木太大，或者圆柱形的原木不那么规则时，仅仅靠人力是不够的，还必须借助于卷扬机。如果前方有小山丘，或者垫在下面的木头陷入了沼泽，30 个工人就算花一整个下午也只能把一块原木向前移动 80 米。

时间很紧迫！11 月底至 12 月初，支流水位上涨，所有原木必须在此期间滚入池塘。只有在这个时间段，高涨的水位才可以连接池塘与主河道。如果池塘与主河道的水没连上，原木就会滞留在森林里，被森林的寄生虫，尤其是一种树皮甲虫（长�“蝽科）严重蛀蚀，以至于无法出售。滞留的木材顶多还有一次从森林里运出来的机会，也就是春季的洪水期。但是春季水量往往不够，水位不够高，不能连通所有的池塘和河流，这就必须再等一年，到下一年秋季的洪水期，那样的话，这些倒地的原木就百分百浪费了。

但是有的时候，秋季洪水期的水量也不够，水位无法达到必要的高度。这种情况大概每 10 年出现一次。一旦这种情况发生，伐木场的工作就全是徒劳。去年秋天就发生了这样的情况，很多中小木材商人几乎因此破产。整个村庄的壮丁辛苦工作了几个月，所得收入甚至都不能偿还购买大米和罐头欠下的债务。

最终，原木被放入流动的河水中，在河岸的灌木丛边，用藤蔓捆绑在一起。各村庄都用这种方式将砍伐和切割的原木运送到岸边。到岸后，白人商人就来购买自己中意的木材。挑选过程中，必须很谨慎。他们必须考虑，那些木材真的是他们需要的种类吗？黑人有没有把河流边花纹相似的原木掺在其中？这些原木是新伐的吗？还是有人把陈年原木的两端锯掉冒充新原木？黑人在交易原木中的聪明才智令人难以想象。啊，新入行的木材商可得小心点！

据说在利伯维尔湾，曾经有个年轻的英国商人要为他的公司购买乌檀木。这是一种比较重的木材，市场上常以小块出售。这个年轻商人非常满意地向英国的公司报告说，大批质量上乘的乌檀木将很快送达。第一批木材刚到英国，他就收到一封电报。电报称，他购买送到英国的木材不是真正的上等乌檀木，而是假货。那么贵的货物竟然一钱不值，他得为此损失承担责任。实际上，黑人把一些硬质原木卖给了他。这些硬质原木放在黑沼泽里浸泡了数月，染上黑色，看起来就像真的乌檀木一样，而且其切割面和表层都可以以假乱真。但是，这些硬质原木的木心其实是红色的。这个没有经验的白人太大意了，他应该事先锯开原木，以辨真伪。

白人商人通常先丈量原木再购买。丈量过程也很复杂，因为原木漂浮在水上，丈量时必须在木头周围跳来跳去。商人会先支付一半的货款，等原木刻上公司的标志后安全运达海岸时，才会结清其余的货款。

有时，黑人会把同一批原木卖四五次。每次拿到订金后，他们就消失在原始森林，直到交易不了了之。白人商人也不愿意花费时间和金钱再追查这些黑人。就算找到了他们，他们也早已拿这笔钱换了香烟或其他东西，商人们也得不到什么赔偿。

## 6.3 沿着奥果韦河顺流而下的木筏

现在，我们来说说如何制造木筏吧。黑人制造木筏时，既不用绳子，也不用钢丝，而是用原始森林里的藤本植物。这些藤条既好用又便宜，有手指那么粗的，也有胳膊那么粗的。60 到 100

根 4 到 5 米长的厚木前后码成两排，再按照一定顺序捆绑起来。用这种方式制造的木筏，有 8 到 10 米宽、约 40 米长，有时重量可达 200 吨。那些依次捆绑的细长原木保证了木筏的安全性和稳定性。然后就可以用竹子和棕榈叶在木筏上搭起小茅屋，再在用木块垒砌的平台上粘上黏土，就有做饭用的灶台了。木筏前后的桨用巨大的树杈固定，以便在一定程度上控制住木筏。每只桨必须由至少 6 个人同时掌控。也就是说，驾驭这样的一只木筏，需要大约 12 到 15 名船员。

人们尽可能多地采购满香蕉和木薯棒，然后就出发了。

航行途中可能遇到河道中的沙洲，它们被棕色的水覆盖，从远处很难发现。为了避免木筏搁浅，团队需要尽可能地确认这些不断移动的沙洲的具体位置。一旦木筏撞在其中的一个沙洲上，就没办法让它重新航行了，除非把陷入沙子的原木一根一根地从木筏上卸下来，然后再重新组装。有时不得不拆开木筏，再把它们重新组装在一起，这可能需要八天的时间，而且组装过程中原木也会丢失。此外，因为食物非常稀缺，所以时间很宝贵。越向奥果韦河下游航行，越难找到食物。在奥果韦河下游，只是几根可怜兮兮的香蕉，当地村民都会坚持要价 1 到 1.5 法郎才肯卖给这些忍饥挨饿的撑筏者，即便村民完全可以分一些吃的给他们。

　　在航行途中常发生的情况是，有的黑人把木筏中上好的原木抽出来卖给沿途的原住民，再把同样大小的劣质原木补进去，并在劣质原木上伪造公司标志。这些原始森林中的废弃劣质原木，都是在最近的汛期中被冲下来的。它们有的搁浅在沙滩上，有的留在河湾中，据说有的村庄囤积着各种尺寸的劣质木头。村民有时也会将从木筏中抽出来的上好原木的标志抹掉，再出售给白人。

　　当然也还有一些原因让白人商人时刻为航行中的木筏担心。许多天后，商人用来装载货物的船将到达洛佩斯角湾，木筏大概也在那个时候到达。如果木筏及时到达，那么黑人撑筏者会按照约定得到商人的礼物。但如果途中经过河边的村庄，又碰上村庄里有庆祝活动，黑人往往经受不住诱惑，把木筏停靠在一边，然后上岸去村子里参加活动。他们可能会待上两天、三天、四天、五天，甚至是六天！而与此同时，在洛佩斯角湾的白人和汽船要为耽误的时间支付更多的费用，这会使一笔赚钱买卖变成赔钱买卖！

　　从兰巴雷内到洛佩斯角湾的航程共 250 公里，木筏漂流通常需要 14 天。航程开始时速度较快，接近终点时因为受到海水影响，航行速度越来越慢，在距离入海口还有 80 公里时就可以感受到大海的潮起潮落了。

再往前，河水就开始与海水混合在一起，不能再饮用了，而且沿途也没有取水点，所以与木筏连着的许多独木舟这时要装满淡水。木筏和独木舟只能在落潮时前行，涨潮的时候，木筏要用胳膊粗的藤条固定在河岸边，否则会被海水推回上游去。

下一步得把木筏引到一条长约 30 公里的狭窄、蜿蜒的支流上，这条支流从洛佩斯角湾南部入海。如果进入通往海港中部的支流，那么木筏就会迷失。因为在落潮时，积聚的水流会和海水一起将满载货物的木筏以每小时 8 公里的速度推入大海。而海港南部的支流，流速较为平缓，且两岸是海滩，木筏可以用长篙控制而不会被海水冲走，可以沿着海岸进入洛佩斯角湾。当木筏距离海滩数米远时，如果不用长篙抵住海底，控制木筏的航速，那么木筏很容易被微风吹得越来越远。在最后 15 公里的行程里，撑船团队要应对各种突发状况，如果风从陆地吹向海洋，船员就无计可施了。一旦岸上的人发现木筏不便靠岸，就会趁海水波动还没有那么强烈的时候，乘小船给木筏送船锚和铁链，保证木筏的原木不致脱落。如果海浪过大，撑船团队为了避免人员伤亡，就只好及时放弃木筏，跳上独木舟。一旦抵达海湾出口，退潮时各条支流的河水不断地流向大海，这时独木舟就很难逆流返回洛佩斯角湾了。独木舟很浅又无龙骨，可以在河流中航行，但根本无法对抗海浪。

有时木筏被海浪吞噬，撑船的人也消失在海里。我的一位白人患者曾经在木筏上经历过一次这样的灾难。他们在夜间航行，河上突然起了风，他们的船被大风吹赶着驶进了大海，汹涌的海浪把竹筏撕碎了。海浪太大，他们也没有办法乘独木舟逃离险境。这时一艘蒸汽艇前来救援。有人在海滩上注意到海中那些绝望的船员来来回回挥舞着灯笼，就派蒸汽艇过来看看，好在蒸汽艇已经备好蒸汽，寻着动来动去的亮光找到了落水船员。

幸运抵达洛佩斯角湾后，木筏被拆卸，穿入铁环的铁铆被钉入木头中，原木就被钢丝绳连接起来，放入所谓的"停泊港"。在停泊港里，两排原木用铁链连接在一起。这种双重原木链构成封锁墙，阻碍海水的流动对停泊的原木造成影响。封锁墙内有许多原木挤在一起，它们安全地停泊在这个港湾。每隔几个小时，就会有一名警卫检查一切是否正常：钉入的铁环是否仍然牢固？钢丝绳是否因为持续摩擦而变得脆弱？但往往即使万般谨慎，问题仍会出现。有时在夜里，钢丝绳从封锁墙上脱落，停泊在海港里的原木就会漂向大海，一去不返，而它的主人在第二天早晨发现时，已经来不及了。几个月前，一家英国公司曾经因此一夜之间失去价值40,000法郎的货物。如果遇到龙卷风，人们就几乎没有任何对抗的办法。在这里只有海豚可以肆意地跃进原木封锁墙，又以极其优雅的姿态跳出停泊港。

## 6.4　木材装载和木材种类

每天，堆在洛佩斯角湾的木材都可能出现意外。所以商人们望眼欲穿地等待轮船的到来，希望尽早装货。轮船一到，小汽艇就把木筏一条接一条地拖到船靠岸的一侧。

人们首先在原木两端钻孔，穿入铁环，再用钢丝绳穿过铁环，将木材绑定在一起。几个黑人在摇晃的木筏上灵活地穿梭。每一次，他们都敲击原木，使上面的铁环脱落，从而使原木脱离装载筏。然后，他们再用铁链，通过装卸台，将木材拖上船。需要具备高度的灵活性，才能胜任这个工作。原木在水中转动，由于潮湿而变得光滑。如果工人在装卸时一不小心滑倒，就很可能被这些两三吨重、互相撞击的木头压得粉身碎骨。

通过望远镜，我能从阳台仔细观察那些黑人工人。在装卸时，甚至连令人感到惬意的微风，都会使装卸工作变得非常困难。如果龙卷风或者强风刮起，那些沿着轮船停泊、装满原木的木筏就危险了。

总而言之，从砍伐到成功运往欧洲，木材的损失量是巨大的。奥果韦河入海口附近的潟湖成了名副其实的木材墓场。数不清的、巨大的、横七竖八的木头从潟湖的泥沙中显露出来，它们被大海永久地埋葬在这里。这些木材因为各种原因未被及时通过河流运出，从而被慢慢腐蚀掉。一场突如其来的大洪水将它们冲进河流，慢慢漂移到洛佩斯角湾。在风和海潮的作用下，它们漂移到潟湖，永久地陷入泥沙中。海湾里的水面上也有许多四处漂浮的木头，我曾经用望远镜数过，差不多有 40 根。海水潮起潮落，它们随着海水浮浮沉沉，直到最终葬身大海或者潟湖。不过，在加蓬，原始森林里的木材资源是如此丰富，以至于这些损失几乎可以忽略不计。

如果撑船团队幸运地把原木送到了目的地，那么他们就会急急忙忙乘坐独木舟或者汽船返回上游，以免在洛佩斯角湾忍饥挨饿。港口城市的所有新鲜食品，都是从 100 公里外的内陆，顺着河流运下来的，在沿海沙滩和河口湿地，长不出任何能吃的东西。

返程的撑筏者拿到报酬后，都会从外国分公司职员手里购买大量香烟和酒等商品。在当地黑人看来，他们已经是有钱人了。带着这些购买的商品，他们以有钱人的身份回到村庄。但几个星期，甚至不到几个星期后，所挣的钱就全花光了。他们又开始重新寻找合适的林场，开始繁重的工作。

洛佩斯角湾的木材输出量一直在稳步攀升。目前，海港每年的木材输出量是 150,000 吨，出口品种主要是桃花心木，当地人称之为奥米加（Ombega）。欧古梅（Okoume），也就是所谓的假桃花心木，输出量也不少。

欧古梅比奥米加木质软，主要用于制作雪茄盒。另外，欧古梅也用来制造家具，它的使用前景很广阔。假桃花心木的某些品种，比真正的桃花心木更漂亮。

如果木材在海中浸泡太久，就会被船蛆钻孔侵蚀。船蛆是一种貌似蠕虫的双壳类海生软体动物，头上有壳。它从外部钻入树干，直接啃食树干中心。因此，如果装运前要等待汽船很长一段时间，就必须先把原木捞到陆地上。通常情况下，工人会用斧头将边材砍掉，把主干木材切成方块状。

在奥果韦河流域，除了奥米加和欧古梅外，还生长着许多珍贵树种，比如黄檀和古夷苏木，这两种树的红色都非常漂亮；还有木质坚硬的铁木，恩戈莫地区锯木厂的齿轮就是用它制成的；另外有一种木头，用它刨出的木片就像有云纹的缎面。

最漂亮的木材还没有出口，因为它们在欧洲市场上仍不被知晓，所以还没有受到追捧。如果这些最漂亮的木材被人知晓并受到追捧，那么奥果韦河流域的木材贸易会更加繁荣。居住在恩戈莫地区的豪格传教士，被认为是奥果韦河流域最出色的木材鉴赏行家之一，他收集了各类珍贵木材。

我刚来到这里时，一点都不能理解，为什么这里所有的人，即使是与木材贸易毫无关系的人，也对各种木材非常感兴趣。但是随着时间的推移，通过与木材商人不断接触，我对木材也产生了很大的兴趣。按照我妻子的说法，我简直是到了如痴如醉的地步。

# 7 非洲丛林的社会问题

河上沉思 1914年7月30日至1914年8月2日

## 7.1 劳动问题

我又能上班了。恩乔莱的一家小型商贸公司的经理非常友好地邀请我们，跟随他们的汽船回到兰巴雷内。整个航程的速度非常慢，因为汽船装载着沉重的石油。这批石油被装在18升的方形汽油桶里，是专程从美国运往奥果韦地区的。当地人对石油的需求量开始变大了。

旅途虽漫长，但我可以利用这段时间来回忆在原始森林里遇到的各种出人意料的社会问题。在欧洲的时候，我们经常谈论殖民地和殖民地的文化，却从来没有弄明白它们背后的真正含义。

在原始森林里真的有社会问题吗？当然有。人们只需要花 10 分钟来听一段在非洲当地工作的两个白人之间的对话，就绝对能感受到，这里最严重的社会问题就是劳动问题。欧洲人想当然地认为，支付高额薪水就可以在这片"蛮夷之地"找到比预期更多的工人。然而，事实正好相反。无论跟世界上哪一个地方相比，在原始森林中找到合适的工人都是最难的；而且从工作效率这个角度来看，原始森林的人工费是最贵的。

有人说，这是因为黑人懒惰。但黑人真的懒惰吗？难道就没有更深层次的原因？

如果有人目睹过一个黑人村庄的集体劳作，就会明白，他们绝对能持之以恒地抱着极大的热情连续工作几个星期。在这几个星期里，他们为了开垦耕地，要砍伐掉一整片丛林。顺便说下，每个村庄每隔三年都要这样做一次，因为香蕉太能消耗土壤的肥力了。因此，非洲本地人每隔三年就要开垦一片新的香蕉种植区。为了得到好的收成，他们需要砍伐并烧毁一片森林，用草木灰给土地施肥。

曾经有一件事深深地触动了我。那以后，我就再也不敢妄言黑人是懒惰的了。那一次，15 个黑人冒着暴风雨，几乎是不间断地划船 36 个小时，最终成功将一位白人重病患者带到我那所位于上游的医院。

在某些情况下，黑人工作非常出色。但他们的工作量取决于具体的情况。因此，他们被称为"自然之子"，这是一个谜一般的称呼和解释。我个人倒是认为，这些自然之子其实只是特定情况下的务工人员（或者说是临时工）。

当地人仅需少许劳动，大自然就会给予他们很多，可以满足他们在村子里的基本生活所需。森林为他们提供树木、竹子、酒椰叶和酒椰纤维。用这些，他们就可以搭建起一座可以遮阳避雨的小屋。只需再种植一点点香蕉和木薯，捕点鱼，打打猎，他们就可以填饱肚子，并不用签订劳务合同，通过定期劳动来赚取收入。如果他们找了份工作，那一定是为了某个特定目的而挣钱。比如，他想买个妻子，他的妻子或他的妻子们想要美丽的布料、糖或香烟，他本人需要一把新斧头、烈酒、卡其色的西装或是鞋子等等。

换言之，这些自然之子如果签订劳务合同，那就或多或少都跟基本生存之外的需求有关。如果不是为了某种目的而赚钱，他们宁愿留在自己的村庄里。若出来打工，他们就随便在哪里工作，直到挣到自己想挣的数额的金钱为止。一旦他们在劳动的地方赚到了足够的钱来买自己的心头之物，他们就没有继续努力工作的动力了。于是，他们返回村庄。在那里，他们永远可以找到房子和食物。

其实，黑人并不懒惰。他们只是"自由人"而已。因此，他们只做临时工。而临时工无法满足任何一家当地公司的用工需求。不仅当地的传教士在传教站和家里经历过并仍面临着这种用工荒，种植园主和商人更是如此。当我的厨师挣到了能够满足他的妻子和岳母需要的钱时，就立马辞职了，一点都不考虑我们是否还需要他。可可种植园的园主也正是因为相同的原因数次被工人弄得束手无策，因为消灭害虫的时期往往是可可种植园最关键的时期，可工人们说走就走。当欧洲急需订购木材的电报一封接一封地传来，木材经销商却常常找不到伐木工人，因为在那个时候，整个村庄的人都要去捕鱼或者开垦新地。每当这个时候，我们都对"懒惰的"黑人满怀愤懑。但事实是，我们无法控制他们，因为他们根本不指望我们给的工钱。

事实上，这些自然之子就是自由人。他们与商业需求之间的矛盾非常大。这片土地的财富根本就不可能被充分利用，因为黑人对此只有很少的需求。这种情况下，如何训练他们去劳动？如何逼迫他们去劳动？

"我们尽可能让他们产生需求，这样才能让他们尽可能多地务工。"政府和商人们商议出这个对策。国家以税收的形式迫使人们必须去务工。在这里，超过 14 岁的成年人每年需支付 5 法郎的人头税。现在有人提出建议，要将人头税翻一番。这意味着，一个拥有两个妻子和七个 14 岁以上子女的男人每年需要缴纳 100 法郎的人头税。因此，他们就得要么多多务工，要么出售更多种植的作物。商人通过提供商品刺激黑人的需求，比如布料、工具这些有用的东西，洗浴用品等非必需品，甚至香烟、酒精这些有害的东西。仅靠有用的东西来提高他们的工作效率还远远不够。小玩意儿和烧酒之类的东西才是更有效的。我们可以看看，商人们在这片原始森林里到底兜售了些什么东西。最近，有个给白人看店的黑人给我展示了那家店的商品。这家店位于一个几乎干涸的小池塘边。在柜台的后面，漂亮的、被漆成白色的酒桶整整齐齐地排列着。酒桶旁边是烟草叶盒子和汽油罐。更远的地方摆放着：刀、斧、锯、钉子、螺丝、缝纫机、熨斗、渔网、盘子、玻璃杯、丝带、各种规格的搪瓷碗、灯具、大米、各种罐头、盐、糖、毛毯、服装材料、蚊帐、吉列安全剃须刀、衣领和各式各样的领带、蕾丝花边的女士衬衫、蕾丝衬裙、紧身胸衣、优雅的鞋子、镂空丝袜、留声机、手风琴以及各种各样其他极具诱惑力的商品。其中有一个立在底座上的盘子，这样的盘子有很多。我问："这是什么？"那个黑人轻轻推了一下底座上的一个小杠杆，我很快就听到了动听的音乐。原来这是个八音盒！"这是商店里卖得最好的东西，"他对我说，"附近的所有女人都希望拥有这样一个盘子，所以都缠着她们的丈夫要，直到她们的丈夫挣够钱给她们买。"

税收的增加以及黑人对物品的更多欲望，的确可以促使他们更多地务工。但是，他们并没有由此在真正意义上得到关于劳动的正确观念，或者说受到的教育很有限。黑人开始变得贪婪、过度追求享受，并且不可靠、不值得信任。他们在务工的时候，只想着以最少的劳动获得尽可能多的报酬，只有在雇主的监督下，他们的工作才有效率。

最近我请了些临时工，想在医院旁边修建一个小屋。等我傍晚去看时，发现工作毫无进展。第三天或第四天的时候，我终于忍不住发了脾气。其中一个工作最懒怠的黑人工人对我说："大夫，不要对我们大喊大叫。你自己要对这个事情负责。如果你陪着我们，我们就会顺利完成工作。如果你在医院和病人在一起，我们就会孤单，就不想做事。"这之后，我就完全了解了他们的思维体系。所以，在盖房的那些日子里，我就会每天有两三个小时什么也不做，只是站在他们身边，看着他们劳动，看着他们褐色的皮肤上挥洒着汗水。这样，至少在这段时间里，他们是认真工作的。

增加黑人的需求有一些效果，但效果并不明显。这些自然之子只有被强制离开自由的环境，进入到不自由的环境，才会持续务工。人们可以从不同方面来实施这个方案。首先，起决定性作用的是，必须在一段时间内让他们无法返回自己的村庄。种植园主和木场主原则上不聘请当地的黑人，而是雇佣远方的、其他部落的年轻人，雇佣期一般是一年。黑人通过水路被送到工作地点。劳务合同由当地的殖民政府制定。出于商业目的和人性化的考虑，每个周末，工人只得到一半的薪水，另一半薪水就押在公司里。一年合同期满后，白人将这些黑人工人送回部落，才会发给他们其余的薪水。这样可以避免工人拿到薪水后立即挥霍掉，最终两手空空地回家。这些年轻黑人出来工作，大部分是为了挣钱买妻子。

但是结果怎样呢？工人必须忍受这一年的生活，因为他们没有办法回到自己的村庄。事实上，只有少数黑人是有价值的劳动力。很多人备受思乡之苦，其他人则不习惯务工地点的饮食，只能吃米饭充饥，因为务工地点缺乏新鲜食物。大多数人沉迷于酒精。在军营小木屋里，工人居住得非常密集，皮肤疥疮和其他疾病很容易传播。尽管采取了很多预防措施，他们还是把工资全部挥霍完了。通常情况下，他们等到合同期满回家时，仍旧和来时一样两手空空。

黑人在自己的部落里，道德和行动都要受到他的村庄、家人和家族的制约。他们一旦离开那个熟悉的环境，道德水平和身体都很容易堕落。没有亲人们的制约，这些黑人工人经常聚集在一起为非作歹。但是商业的繁荣和种植园的生产却需要将这些黑人工人聚集在一起，没有这些黑人，商业和种植园也无法存在。

## 7.2　强制劳动和官方许可

这些悲剧产生的根源是：文明和殖民的利益是冲突的。文明是：黑人应该在原始森林的村庄里生活和接受教育。在这里，他们应该学会并从事一门手艺，种植农作物（比如种植咖啡和可可自用或出售），住在由木板和砖瓦建构的房子里，而不是由竹子造的小屋子里，从而过着有尊严的、平和的生活。但是殖民则要求用尽所有可能的方式，让尽可能多的原住民活动起来，从而最大限度地开采和利用这片土地上的资源。现在欧洲人在非洲的口号是"最高产量"，这样他们投入在殖民地的资本才能有回报——殖民国家要从自己的殖民地获取。这两者之间的矛盾出乎意料地不断升级、扩大。只能说，自然条件和环境造就了这个矛盾。一个地方的原住民比例越低或是人口越稀少，这个矛盾就越深。以祖鲁人为例，他们生活的地方非常适合农业和畜牧业的发展。在一定程度上，祖鲁人天生就是安定的农民和小商人。那个地方的人口非常密集，可以满足在当地经商的欧洲人的招工需求。但即便在那里，仍在出现殖民经济的发展以牺牲文明和当地人的生活为代价的情况。

从政府的角度来看，饱受争议的强制劳动效果如何呢？人们究竟应该如何理解强制劳动呢？

强制劳动的定义是：按照国家的要求，每一个没有固定工作的原住民，都应该每年为商人或者种植园主劳动一段日子。从政府层面来看，奥果韦政府没有实行强制劳动的政策；加蓬的殖民政府也是原则上尽量避免这样的措施。德属非洲殖民地政府则推行了一种人性化、有自主目标意识的强制劳动形式。这种形式，在有些人看来，是成功的；当然也有人认为这种形式引起了不良后果。

　　我认为，强制劳动原则上不是错误的，但在实际生活中却不可行。一方面，如果没有强制劳动，人们是无法适应殖民地的生活的。如果我是官员，当一位种植园主告诉我，在种植园收获可可的时候，他的工人跑掉了，而周围村庄的原住民也拒绝在这个关键的时刻帮忙，我就会认为，只要能挽回损失，我就有权利和义务帮助他找到原住民帮忙，并按照当地惯例，给工人日结工资。但另一方面，这种常见的强制劳动也会变得很复杂。因为为了到白人那里工作数日，当地原住民可能要背井离乡，独自到千里之外的地方去。他们在路上如何养活自己？如果生病怎么办？如果白人需要他们的时间刚好碰上他们自己收割的好时机或者捕鱼的好时机，该怎么协调？如果白人以他们什么事也没干为借口，延长他们原本约定的工作时间，那该怎么办？他们会被善待吗？如果存在这些问题，那么强制劳动就有一个致命风险——它可能成为某种形式的奴役。

强制劳动问题还涉及政府在管理殖民地过程中颁发的"官方许可"。何谓官方许可？这是拥有雄厚资本的公司在数十年内对某一大片区域所拥有的管理权利。政府给予其官方许可，也就是特权，其他商家被禁止进驻这片区域。由于任何竞争都被规避了，当地原住民就被迫在很大程度上必须依赖这个公司以及这个公司的白人职员。虽然国家的统治权是白纸黑字明文规定的，但实际上，商业公司却或多或少在这些所谓的"官方许可的特区"干预了国家权力。特别是他们会以产品和劳动力的形式得到应交给国家的税收，之后再以钱的形式上缴国家。这个方式也引发了广泛的社会讨论，因为比利时属刚果地区曾大规模实施这种官方许可制度，并出现一系列恶劣至极的后果。我个人完全无法忽视它的危险性。如果处理不当，这种制度可能会导致当地原住民失去法律保护，沦为白人商人和种植园主的奴隶。但是，它也有相对较好的一面。根据官方许可制度，奥果韦河上游归奥果韦河上游公司管理。这家公司的多位雇员曾在我的诊所接受长期诊疗，我跟他们从各个方面讨论了这个问题，因此能够从另外的一些角度认识和了解官方许可。因为不需要考虑竞争，奥果韦河上游公司就在其管辖区——奥果韦河上游地区，专门出售结实耐用的东西，而不做烈酒和不值钱东西的生意。在学识丰富之人的管理下，奥果韦河上游公司对当地人起到了一定的教化作用。由于这片地区长时间只归这个公司管理，所以公司会尽力合理经营，而不去轻易尝试掠夺式开发。

也就是说，如果国家因为某些原因，例如税收，而为白人的商业保驾护航，为白人商人寻找和雇佣当地原住民作为劳动力提供便利的政策，强制劳动的模式就必须抛弃。国家的真正使命在于为黑人提供公共事业性的工作，为旅途中的官员寻找船夫和搬运工，为道路的建设寻找建设和维修人员，某些情况下，还需要征调食物养活军队和国家工作人员。

在非洲有两件事做起来异常艰难——为一个较大的地区定期供给新鲜食物和在原始森林里保持道路的畅通。当人口稀薄、距离遥远时，这两件事做起来更加困难。这是我的经验之谈。为了不让我的两个医疗助理和家远的病人忍饥挨饿，为了病人从遥远的家乡定期获得生活必需品，我不知花了多少心思！有段时间，我不得不对那些来到我的医院的人做出强制规定：每个来治疗的人，必须自带足够的香蕉和木薯棒。这引发了医院与病人之间无休止的争论。他们声称，他们来医院前根本不知道这项规定，或者自己家里没有足够的食物。当然，针对重病患者或者那些远道而来的病人，即使他们没有携带食物，我还是会为他们治疗。如果我不坚持病人必须带食物过来治疗这项规定，那么病人就很可能要被遣送回家，因为我无法给他们提供食物。传教站的负责人也面临类似的处境，他要为教会学校的 100 到 150 个孩子提供足够的食物。因为他们没法养活这么多孩子了，所以只得关闭学校，把孩子送回家乡。

政府通常从那些距离白人定居点最近的村庄征调劳动力和粮食。征调过程中，虽然政府尽量做到平和、公正，但当地原住民仍会觉得这是负担，并尽可能搬到距离白人定居点最远的地方，来获取平和宁静的生活。慢慢地，在白人居住地区的四周就很容易形成"真空地带"。只有少数当地人生活在这些地区，这里的人口密度非常低。因此，政府实行了另一种形式的强制劳动政策：当地人被禁止迁移他们的村庄；边远的村庄也被命令迁居到白人定居点或者某个沙漠考察队行进路线上的据点或河流附近。

为了保障商业的繁荣，国家只能实行这样的政策，但这非常可悲。更可悲的是，政府的管理者还得出这样一种认知——只有采取非和平手段，当地原住民才能接受强制劳动。

在喀麦隆地区，贯穿森林的公路网非常发达，十分有利于商业贸易，从外国到访的殖民者对此也是赞赏有加。但这个浩大的工程难道不是以原住民的人口数量和他们的切身利益为代价的吗？事实上，还有很过分的一点——妇女也被强行招来为修路充当劳动力。这引发了我的思考。在很多地方，殖民区越来越繁荣，而原住民人口却逐年减少。这一切都是不该发生的！以未来为代价来换取当下的繁荣，造成无可挽救的毁灭只是时间的问题。一个健康的殖民政策，首要的目标就应该是保持原住民的数量。

## 7.3　文化教育和酗酒问题

除了劳动问题，当地人还面临着受教育的问题。我个人认为，当地原住民没有必要接受大规模的学校教育。在这里，文明的起源不是知识，而是手工艺和种植业，本地更高层次文明的经济条件是建立在这两个行业之上的。但政府和商业也需要知识渊博的本地人，以便更好地管理行政事务和经营贸易，因此，学校的教育目标必须设定得比一般更高，目的是培养本地人理解复杂的算术以及熟练地用白人的语言写作的能力。一些非常聪明的当地人很出色地掌握了这些知识。最近有一位在政府工作的黑人文秘找到我，当时我和一位传教士在一起。他离开后，我和传教士互相说道："我们的写作水平都没法和他比。"他的上司总把最难的文档让他编辑，或者让他绘制复杂的统计图表，而他交出的工作成果总是无可挑剔。

　　但是这些优秀的人才也有自身的问题。他们的生活与原始部落隔绝。和那些远走他乡工作的原住民一样，他们住在工厂，和那些惹是生非和酗酒的黑人住得很近，因此也容易染上不良习惯。他们也许是赚了不少钱，但是，由于他们必须以高价购买所有的食物，并仍然保留着黑人爱挥霍的毛病，所以他们总是出现财务困难，生活也经常陷于困顿。他们既不属于普通黑人，也不属于白人，而是介于两者之间。刚才提到的那个黑人文秘最近对一名传教士的妻子说："我们作为知识分子，生活在那些普通黑人之间感觉非常不舒服。这里的女人太无知，不适合做我们的生活伴侣。政府应该引进马达加斯加的有教养的妇女来做我们的伴侣。"对上层生活的渴望也是很多优秀的原住民的不幸的来源。

　　或许其他殖民地并非如此，但是在这里，通过富裕起来而获得的解放不起任何作用，它比通过教育获得的解放更危险。

　　欧洲的贸易输入也引起社会问题。以前黑人还从事一些手工

业：他们用木头做结实耐用的家具，用树皮纤维制造细腻的绳线
或者类似的东西，或是在海边提炼盐。这些原始的工艺由于欧洲
贸易的进入而销声匿迹了。廉价的搪瓷锅取代了结实耐用的自制
木桶。每个黑人村庄周围的草地上都堆着这种生锈的器具，传统
手工技艺几乎被遗忘过半。只有年老的黑人妇女还懂得如何用树
皮制作绳子，或者用菠萝树的叶子上的纤维制作缝纫线；甚至制
作独木舟的技艺都要成为历史了。稳定的工业阶层的出现是迈向
文明的第一步和最坚实的一步，而此时当地的工艺水平却正在后
退，而不是进步。

当人们了解到非洲一些港口城市平均每人每年消费的烈酒的数
量，当人们在村庄看到小孩和老人一起喝得烂醉时，才会意识到从
欧洲进口酒类到底意味着什么，意识到烈酒对社会的危害有多大。
在奥果韦地区，公务员、商人、传教士和酋长都同意禁止进口廉价
烈酒。那为何没有禁止呢？因为烈酒能带来可观的关税。每年进口
烈酒的关税是殖民地的主要收入之一。如果将烈酒进口取消，就会
出现预算赤字。众所周知，对于所有欧洲国家来说，在非洲殖民地
的收入都是其国家财政收入的有力支撑。此外，烈酒关税还有个优
点，即殖民地烈酒的消耗量并不因每年增长的高额关税而减少。这

里和其他殖民地没两样。政府说："取消进口烈酒？很好啊！最好今天或明天就办。不过先告诉我，我应该用什么来弥补它造成的财政损失。"而即使最坚持反对烈酒进口的人也提不出有效的建议。如何在这样一种毫无意义的困境中找到出路呢？唯一的希望是，来一个新总督禁止进口烈酒，敢于让一段时间内出现财政赤字，敢于用当前殖民地的财政困难换取一个未来。[1]

如果我说，非洲的大多数烈酒都是……都是通过跟北美的贸易进口的，这绝对不会被认为是泄密。

有人宣称，就算不进口烈酒，当地原住民也是酗酒的。这完全就是胡扯！在原始森林里，只有棕榈酒非常普遍。但是，棕榈酒的危害性并不大。棕榈酒由棕榈树的树汁发酵而成。为了获取棕榈树的树汁，当地人需要远离村落进入原始森林，在棕榈树上钻孔，然后用容器盛接树汁。当地法律禁止在树木上钻孔，但不禁止棕榈酒的制作。或许一个村庄一年中的多次重大节日中都可以用棕榈酒庆祝。新鲜的棕榈酒的口味像发酵的葡萄汁，它与商店里售卖的烈酒的危害性不同，喝起来没有那么容易醉。不过当地人习惯把某种类型的树皮放进去，加了这种树皮的酒就会让人

1. 1919 年总督进行首次尝试，整个殖民地欢欣鼓舞。——原注。

醉得很厉害。

## 7.4  一夫多妻制与买妻

一夫多妻制也是这里严重的社会问题之一。我们怀着一夫一妻制的理念来到这里，传教士们用尽所有方式反对当地的一夫多妻制，并要求一些殖民地政府用法律的形式禁止一夫多妻现象。不过，我们所有在这边生活的人都必须承认，一夫多妻制与它所在环境下的经济和社会条件紧密相关。在社会组织还不完善的地区，原住民只能住在竹屋里，妇女想要通过独立劳动来养活自己是根本不可能的。所以在这样的地区，妇女毫无地位可言。一夫多妻制是所有女性都能结婚，从而得以生存的前提条件。

此外，丛林里没有奶牛和奶羊。也就是说，如果一位母亲不想让孩子死去，就要在很长时间内坚持母乳喂养孩子，一夫多妻制保障了孩子的生存权利。孩子出生后，女方在三年中有权利和义务养育她的孩子而不做其他事情。那时她不再是妻子，而只是母亲。在这段时间里，女方大部分时间跟父母住在一起。三年后，孩子的断奶仪式举行完后，女方又重新以妻子的身份回到丈夫的小木屋中。这种抚育孩子的方式只有在有另一个或多个女人作为妻子来操持家务和种植农作物的情况下才有可能。

还有一点：在原始民族的社会里，没有不被照顾的寡妇或者被遗弃的孤儿。和死者血缘关系最近的男性亲人会继承他的妻子，并且必须养活她和她的孩子。死者的妻子可以享受与她丈夫亲缘关系最近的男性的其他妻子所具有的一切权利，也可以在新丈夫的许可下，改嫁他人。

如果原始民族的一夫多妻制动摇了，也就意味着整个社会结构都会发生动荡。但是，我们真的就不能创造一个新的社会秩序吗？难道一夫多妻制被废除了，同一个丈夫的多位妻子的地位就要因此从合法变为非法？这些问题使传教士们未来的工作任重而道远。

经济水平越发达，一夫多妻制就越容易对付。在经济发达地区，人们住在坚固的房子里，房子里有多个独立房间，人们非常熟悉牲畜的养殖和农作物的种植，一夫多妻制也就自然而然地灭亡了，因为一夫多妻制已经不再适应社会的发展了。在以色列，随着文明的进步，在与一夫多妻制的斗争中，一夫一妻制轻而易举地取得了胜利。虽然两者也曾经并存过；但在现代，一夫多妻制已不再是女人生存的必要前提了。

基于基督教的要求，传教站当然把一夫一妻制视作传播基督教的使命和理想。但是，如果国家从法律层面上强制要求执行一夫一妻制，就不恰当了。从我的认知角度来说，如果人们将反对一夫多妻制和反对不道德行为混为一谈，那也有失偏颇。

黑人的妻子们之间的关系通常是很好的。任何一位黑人妇女都不喜欢做丈夫唯一的妻子，因为她如果是丈夫唯一的妻子，就必须独自承担女人的责任，比如说种植和培育农作物。种植和培育农作物是非常辛苦的，因为耕地通常隐蔽在远离村庄的某个地方。

我在医院曾经见过一夫多妻制的现实案例，这个案例并没有让我见识到一夫多妻制有什么丑陋的地方。有一次，有位年老的酋长和他的两位年轻的妻子来我这里看病。当他的病情非常令人担忧的时候，他的第三位妻子突然出现了。这位妻子看起来明显要比另外两位年长，原来她是那位年老酋长的第一位妻子。从她过来的第一天起，她就坐在床上，把她丈夫的头抱在腿上，喂他吃喝。那两位年轻的妻子对她满怀敬意，听从她的命令安排饮食、端茶倒水。

在这片土地可能会出现这样的状况：一个 14 岁的男孩已经

成为一家之主。事情是这样的，他从一个去世的亲戚那里继承了他的妻子和孩子。后来，这名女子和另外一名男子结为夫妻。但这个男孩对这名女子的孩子们的权利和义务并未改变。如果这名女子的孩子们是男孩，这个 14 岁的男孩就必须为这些孩子买老婆；如果这名女子的孩子们是女孩，别的男子就必须付钱给这个 14 岁的男孩来娶她们。

我们应该反对，还是容忍妇女买卖？如果一个女孩结婚前未经征询个人意愿，就被家长允诺卖给出价最高者，当然就要坚决反对。但如果求婚男子获得了女孩的同意，只是根据当地风俗和女方家庭的意愿拿出一定数目的东西或钱，这就不是值得反对的妇女买卖了。因为事实上，这些一定数目的东西或钱就是欧洲女方家庭要求的彩礼或者准备的嫁妆而已。无论是男方给彩礼，还是男方从女方家庭获得嫁妆，这二者在原则上其实都是相同的。不管是哪种形式，金钱交易都建立在社会观念的基础之上，在婚姻关系里扮演着重要的社会角色。其实不管是在非洲，还是在欧洲，我们都应该坚持，金钱交易（彩礼或者嫁妆）只是婚姻关系里的一个补充关系，它并不能影响男人选择哪个女人做妻子或者女人选择哪个男人做丈夫的决定。当然，它更不能决定哪个女人被买或者哪个男人被买。也就是说，我们不应该一味地攻击所谓的"妇女买卖"，而应该教育当地原住民，不应该把女孩嫁给出价最高者，而应该嫁给让她幸福、她也喜欢的人。

通常情况下，黑人女孩并没有受制于人到只能嫁给出价最高的男人的地步。但是，爱情在当地人的婚姻关系中扮演的角色与欧洲人是不一样的。这些生活在原始森林的自然之子不知道什么是浪漫。在这里，人们通常通过开家庭会议来决定婚姻问题。一般情况下，他们的婚姻是幸福的。

大多数女孩会在15岁左右结婚。几乎所有教会女子学校的学生都订婚了，并且一毕业就结婚。我从一个传教士那里获悉，非洲当地的女孩子在出生前就能够被许给某个男人。故事发生在萨姆基塔，涉及被禁的妇女买卖。一名男子欠了别人400法郎，却不想还钱，而是用债款购买了一位妻子并举办了结婚典礼。当这名负债的男人和妻子坐在宴席上时，债权人来了，指责他用本该偿还的债款买了妻子。两名黑人开始了漫长的交涉，最终达成一致。债务人向债权人承诺：他结婚后所生的第一个女儿将送给债权人做妻子。债权人同意了，并在宾客席上坐下和宾客们一同庆祝婚礼。16年后，债权人过来结婚，他们之间的债务也就清了。

我与该地区最能干和最有经验的白人就这个问题深入讨论后，得出一个观点：如非必要，我们应该尽量不改变当地已有的法律规范和风俗；如要改变，也应该只是改良而已。

## 7.5  白人与黑人的关系

最后我要说说白人与黑人的关系。白人应该如何与黑人交往呢？是平等对待还是将其视为低人一等呢？

我告诉黑人，我尊重每个人的人格尊严，他应该能感受到我的这种态度。但最重要的是，我对他们怀有兄弟般的情谊。但在日常生活中，我究竟应该在措辞中表露出几分情感，就涉及合理性的问题了。黑人就像孩子一样。对于孩子，无威不立。我必须在日常生活的言谈中立下规矩，这样才能自然而然地树立起威信。我常对黑人们说："我们是兄弟，但我是你们的兄长。"

友好与威信并重，是正确地与当地人交往的一大秘诀。一位叫作罗伯特的传教士，为了和黑人像真正的兄弟一样生活，在若干年前脱离了教会组织。他在兰巴雷内和恩戈莫间的黑人村庄旁搭建了小房子，希望自己被当作村里的一员。从那时起，他的生活就变得十分悲惨，他肩负着消弭黑人与白人之间距离的使命，却失去了影响力。他的话不再被视为"白人的话"，而是在做任何事时都要和黑人群体进行长时间的讨论，就好像他是黑人中的一员一样。

当我刚来到非洲时，传教士和商人对我说："在非洲，一定要注意对外维护白人外在的权威。"这让当时的我觉得非常冷漠、做作。在欧洲，无论谁听到或读到这样的观点，一定也会这样觉得。但是，后来我才意识到，最伟大的情谊必须与对礼节的重视相结合，只有这样，才能跟黑人成就伟大的情谊。

这是发生在几年前的事了，听说在恩戈莫有个单身的传教士可以容忍他的厨师非常粗鲁的行为。有一次，在总督乘坐的河船靠岸时，传教士身穿一身优雅的白装，以最高礼遇与官员们一起在甲板上等候总督。就在这时，那个厨师头上戴着帽子、嘴里叼着烟斗在人群中挤来挤去，追着问那个传教士："嘿，今晚我们做什么吃？"那个厨师想以此显示他与主人的关系有多好。

避免不恰当的亲密只是维护威信的一个手段，只有当黑人心里尊敬白人时，白人才会有真正的权威。我们并不能自负地想，黑人之所以尊敬我们，是因为我们比他们拥有更多知识和技能。

这种优势是如此明显，以致他们根本不会把这些因素纳入值得尊重的考虑范围。黑人并不会因为白人可以修铁路、乘火车或者坐轮船，甚至上天下海，而对白人肃然起敬。约瑟夫说："白人太狡猾啦，他们无所不能！"这些技术成就意味着怎样的精神力量则是黑人无法估量的。

然而有一点是黑人无法欺骗自己的——与他相处的白人是不是一个有道德的人？只有黑人感受到白人具备良好的品格和较高的道德水准，白人的权威才有可能树立起来；反之，就绝无可能。这些黑人不像我们一样受过教育，他们只知道最基本的准则，并用最基本的道德尺度衡量一切。当善良、正义、真理以及内在与外在的尊严得以体现时，黑人才会被触动，并相信白人是真正值得尊敬的。如果他没有感受到这些品质，就算他表现得卑躬屈膝，内心仍会很固执。他会对自己说："这个白人不怎么样，因为他并不比我强。"

我并不是说，那些品格和道德还没有达到值得尊敬的层面的人，就不应该留在非洲，而是想要指出事实：就算是道德水准非常高的人和最理想的理想主义者，也需要付出很多才能被当地黑人尊重。

    我们所有人都为欧洲人和这些自然之子之间的矛盾耗尽了心力——在非洲工作的欧洲人有极强的责任心，完全没有个人的休息时间；非洲的自然之子们根本就不懂责任，总是拥有大量的个人休息时间。据说在年底时，政府官员已经跟当地原住民一起做出了很多的成绩，比如建设道路、维护道路、为搬运工和船工提供更好的服务、创造更多的税收等。白人商人和种植园主也必须要给公司赚取尽可能多的利润，不仅要把公司的投资收回，而且要盈利数倍。因此，白人必须越来越多地跟黑人们打交道。然而，黑人为白人工作时，并不会跟白人一样带着责任感，共同承受公司面临的压力。公司给他们多少报酬，他们就做多少事，而且他们很可能根据自己的心情只花一点点心思在工作上，丝毫都不会考虑到他们的疏忽会给公司造成损失。在这种每时每刻都要跟黑人斗争的矛盾里，每个白人都面临着走向精神崩溃的危险。

    我和妻子曾经对一位初来乍到的白人木材商非常友好，因为在我们聊天时，他总是以人道主义态度对待黑人，绝不允许监工虐待工人的情况出现。然而在春天时，事情发生了逆转。当时他把他所收购的大量桃花心原木寄放在距离本地100公里的池塘里。当河水开始上涨时，他突然接到公司的紧急电报，需要立即赶往兰巴雷内回复公司电报。于是，他托付监工和工人，在汛期内一定要及时把木头放进河中。河水回落时，他回来了。但是，他发现黑人们除了抽烟、喝酒和跳舞，什么都没做。那些已经在池塘中放了很久的木头，大部分都丢了，他为此承担了公司的损失。黑人们因为不够怕他，所以对他的事漫不经心。这件事让他彻底改变了。现在，他总是嘲笑那些指望当地黑人做事却不采取严厉态度的人。

最近我在阳台的木箱里发现了白蚁。我把这个木箱清空并把它拆成木板，然后就把这些木板给了在家里帮佣的黑人。我对他说："你看，木箱里有白蚁，所以这些木头你不能放到楼下烧火的柴堆里，否则木头里藏着的白蚁会咬坏我们房子的房梁。请你走到河边，把木板扔到河里去。明白了吗？"那个黑人回答："明白了，明白了，您放心吧！"这是发生在傍晚的事情。我因为太疲倦而没有下山，破例相信了这个黑人，虽然他们做事通常不令人信赖。但在晚上10点钟时，我还是不放心，就提上灯笼下山去了医院，发现被白蚁蛀过的木板竟然躺在烧火的木柴堆里。竟然仅仅为了少走10分钟的路程，那个黑人就把我的房子置于危险之中！

　　白人承担的责任越大，就会在与当地原住民的接触中面临越大的风险。来自传教站的我们很容易就能看到，白人在与黑人的接触中，是如何因为自以为是而逐渐精神崩溃的。我们与官员和商人不一样，不必在每年年底承担相应的后果，所以在令人筋疲力尽的斗争中，我们相比于官员和商人还不算艰难。自从我对白人的精神状态有了一定的了解，我就不敢再对我医院里那些白人病人妄加评判了。其实，来到非洲的白人都承受着公司下达的业绩压力。开始时，他们也是满怀着理想来到非洲，但渐渐地，他们在日常生活中跟黑人不断发生冲突，于是慢慢感到疲惫和沮丧，觉得非洲的原住民不再可爱，精神上的坚守也一点点地分崩离析了。

　　保持纯粹的人道主义精神并负载着文明是如此困难，这也是白人和非白人间的关系这一问题里的悲剧因素，就像丛林里的种种问题一样困难重重。

# 8 1914年圣诞节

## 8.1 黑人对一战的印象

1914 年第一次世界大战期间，我的圣诞节是在原始森林中度过的！小棕榈树上挂满了小蜡烛，就是圣诞树了！当小蜡烛燃烧到一半时，我就把它们都吹灭了。妻子问道："你在干什么？"我说："我们只剩下这些蜡烛了，必须把它们省下来，明年的圣诞节还得接着用。""明年接着用？"她摇摇头。

8 月 4 日，也就是我们从洛佩斯角湾回来的第二天，我为洛佩斯角湾的一位女性患者准备好了一些药物。于是，我派约瑟夫去贸易公司询问，能否请他们的小汽轮在下次航行时，帮我捎带上这个药品包裹。他回来时，给我带来一张白人写的纸条："现在欧洲正在进行战前动员，战争可能就要来临。政府征用了我们的汽船，它处于随时听候调遣的状态，我们也不确定，汽船何时能开往洛佩斯角湾。"

数天后，我们才真正直面这个事实——欧洲也许真的在发生战争。因为 7 月初以来，我们便没有收到任何来自欧洲的消息，以致我们对于这一不幸事件的起因一无所知。

一开始，黑人几乎根本不知道欧洲正在发生的事情。比起战争，他们中的天主教徒更关心秋天的罗马教皇选举。有一次在河上乘船时，约瑟夫问我："医生，那些主教们如何选举教皇？选最年长的、最虔诚的还是最聪明的？"我回答道："看具体情况吧，有的时候根据这些规则，有的时候又根据那些规则。"

起初，黑人工人并没有觉察到战争的不幸。数周以来，他们很少被白人叫去工作。白人们总是坐在一起，讨论来自欧洲的消息和传闻。后来，黑人知道了他们也要承担战争的后果：由于暂时缺乏船只，原木无法出口，合约期为一年的工人不得不被工厂解雇；同样由于缺乏船只，他们也不能被运送回乡。于是，工人们在海港扎堆，组队步行回乡。大多数工人来自卢安果海岸。

烟、糖、大米、煤油和朗姆酒的价格也贵得离谱，这让黑人真正认识到，战争确实发生了，这也就是与战争有关的事情中与他们关系最大的一件事了。有一天，当我和约瑟夫互相为对方包扎溃疡伤口时，约瑟夫再次禁不住因为昂贵的物价而抱怨战争。我对他说：“约瑟夫，你不能这样说。你没看到传教士、医生还有医生夫人是多么的担忧吗？对我们来说，战争可不仅仅是物价高涨，我们所有人都在为那里的人们担忧，我们甚至都能听见遥远的伤员的呻吟和将死者的叹息。”他听了后，惊讶地看着我。从那以后，我似乎觉得他逐渐打开了心扉，慢慢愿意将一些隐藏在心里的东西表现出来。

大家能感受到很多当地原住民内心的疑惑：这怎么可能？那些给他们带来爱之福音的白人竟然忽略了基督的律令，要互相杀死对方？如果他们问我们这个问题，我们也无法回答。一旦我被对此有思考的黑人问到这个问题，我就尝试着既不解释，也不掩饰，而是告诉他们，我们也同样面临着不可捉摸的和可怕的事情。人们恐怕到日后才能体会到，因为这场战争，白人对于原始森林的黑人的道德和宗教权威被破坏到何种程度。我害怕的是，这个破坏会过于严重。

我让家里的黑人帮工尽可能少地了解战争的恐怖。当邮局恢复正常，邮差又能基本规律地给我们送报纸时，我特别注意不将那些带图片的报纸在家里乱放，防止有阅读能力的伙计深入了解战争的信息并对外传播。

医院工作又能正常进行了。每天清晨，我下山到医院，都会觉得这是一条上天给我的不可明喻的恩典之路。因为这个特殊时期，有许多人出于职责不得不带给别人痛苦和死亡，而我却在帮助人摆脱痛苦和死亡。这种感觉让我忘记了所有的疲劳。

在和平时期从欧洲驶出的最后一班汽轮，给我带来一箱子药品和两箱子绷带。这两箱子绷带是资助我事业的一位妇人送给我的。所以在几个月内，医院暂时不缺乏最必需的物品。那些没有随此船到达的、专门给非洲的商品，还滞留在勒阿弗尔和波尔多的码头。谁知道它们什么时候到，或者是否还能到达。

## 8.2  大象与食物供应短缺

为病人寻找食物使我非常焦虑。这里到处都在闹饥荒，而饥荒与大象脱不了干系。在大多数欧洲人的想象中，文明的到来会促使野生动物灭绝。有些地方的确如此，但有些地方却是完全相反的。为什么呢？有三个原因。首先，许多地方的原住民人口明显减少，所以这些地方几乎没人狩猎。其次，非洲的黑人们已经荒废了祖先留下来的原始而巧妙的狩猎方法，习惯了用步枪狩猎。然而，为了防止暴动，所有赤道非洲国家的政府都很少给当地人发放火药。因此，这些当地原住民不能拥有现代化的猎枪，只能用老式燧发火枪。第三个原因是，当地原住民对狩猎不再热衷，因为他们根本就没有时间花在那上面。比起打猎来，通过伐木和撑筏能赚更多钱。因此，大象在这里能不受威胁地茁壮成长和繁殖。

这也影响到了我们的日常生活，因为我们的食物主要来自村庄西北部的香蕉种植园，而它总是被大象踩躏。20头大象就可以一夜间摧毁一座大型种植园。它们就算吃不了那么多香蕉，也会把香蕉踩得乱七八糟。

除了种植园，电线也是大象的袭击目标。发生在从恩乔莱架往内陆的电线上的故事，挺值得一说。原始森林中又长又直的林中空地，对于大象来说，非常具有吸引力，它能为大象提供现成的道路来搞破坏。不过，大象真正难以抗拒的诱惑则是笔直且平滑的电线杆。虽然这些电线杆并不是很牢固，人们稍微使劲一推，它们就会倒在地上，但它们就像专门为这些皮厚的动物设置的一样，大象喜欢在电线杆上蹭来蹭去。电线杆经常是连成片的，一只强壮的大象可以在一夜之间把一片电线杆掀翻，而等到附近的电信监控人员发现并修复好损坏的电线杆时，可能已经过去很多天了。

因为大象总在附近出没，我不禁非常担心住院病人的粮食供应。尽管如此，我却从来没有见过大象，也许以后也见不到。它们白天靠近沼泽，并侦察种植园，夜晚就潜入园中将其洗劫一空。

在我的医院有个患心脏病的女人，她的丈夫擅长木雕，曾经给我雕刻了一头大象。在惊艳于原始艺术作品的同时，我壮着胆问道："这头大象的身体是不是雕得不太对？"这位感觉被侮辱的艺术家耸耸肩说："你想要教我大象是什么样子？曾有头大象把我踩在脚下，我是从大象脚下爬出来的人。"这位艺术家同时也是猎象能手。在猎象时，当地人会距离大象10步左右，用燧发火枪向大象开火。如果这次射击不能致命，猎手的位置就会暴露，这时他的处境就非常危险了。

以前香蕉不够时，我会给病人供应米饭。从今天起，我不能再这样做了。仅剩的大米，我必须储存起来，因为能否再从欧洲获得大米，还是个未知数。

# 9  1915年圣诞节

## 9.1  白蚁和迁徙蚁

1915 年的圣诞节又是在原始森林中度过的，而且仍然是战时圣诞节！去年保存下来的、没有用完的小蜡烛，终于在今年的棕榈圣诞树上燃烧殆尽。

这是艰难的一年。在年初的几个月里，增加了很多额外的工作。这里总是有强雷雨，那个收留病人的最大的屋棚在暴雨中摇摇欲坠。我不得不决定在整个医院周围修建沟渠，把周围小山上冲下来的雨水引走。这项工程需要很多石头，其中有一些是大石头。一部分石头是用船运过来的，另一部分则是从小山上滚下来的。在传教站，我幸运地发现了一些快不能用的水泥。在工人工作时，我必须要在现场监工，有时还要搭把手。我还请懂行的当地人帮忙在病房周围修筑围墙。四个月后，终于完工了。

我原本以为我可以休息一下了，但是随即又发现有白蚁侵入到药品和敷料储备箱中，虽然此前我已经采取了所有的预防措施。我不得不打开所有的箱子，将物品取出，再重新装箱。这花了我几个星期内的所有休息时间。幸亏我发现得及时，否则损失会更重。白蚁散发出的特殊的细微焦臭味引起了我的注意。仅从箱子的外部来看，没有任何异常。白蚁从木箱底部的一个小洞开始入侵，入侵木箱后，白蚁就会啃食木箱上面以及旁边的木箱。这些白蚁可能是被一瓶医用糖浆吸引过来的，应该是我们某天不小心，没有塞紧那瓶医用糖浆的木塞导致的。

这是一场与非洲爬行类昆虫的艰苦战斗！人们花了多少时间采取预防措施！当人们一次次发现自己被算计了，该是多么窝火！

我妻子已经学会把面粉和玉米装在罐头盒里，并把罐头盒密封好。但是密封的罐子里面仍然会挤着数以千计的谷虫。在很短的时间内，喂鸡吃的玉米饲料就被它们蛀成粉末。

这里的小蝎子和其他有毒的昆虫非常可怕。在这里，人们可不能像在欧洲那样把手随意地伸进抽屉或者箱子里。人们必须万分小心，手只能伸进视力可及的范围。

真正可怕的敌人是"大名鼎鼎"的迁徙蚁。迁徙蚁属于行军蚁类，它们使我们饱受折磨。在大迁徙中，它们排成五六列纵队，井井有条地前进。我曾经在家附近见到一次迁徙蚁连续行军36个小时，好像一场盛大的阅兵式。蚁群穿过空地或者道路时，体形较大的迁徙蚁会站在蚁群两侧形成保护墙，守护背着幼蚁的普通迁徙蚁。守护的迁徙蚁把背部朝向队列，头朝向外，就好像保护沙皇的哥萨克士兵；它们可以保持这个姿势数小时。

行进时，它们通常分三四个纵队，相隔 5 到 50 米并排前进。在某一时刻，它们一下子散开。我们并不知道，它们是如何传达指令的。但是瞬间，一大片区域就被黑色覆盖。黑色所覆盖的区域里，其他生物荡然无存，即使是树上的大蜘蛛也无法幸存。因为这些可怕的强盗会成群结队地爬到最高的树杈，绝望的蜘蛛只能跳下来，成为守在地面上的迁徙蚁的祭品。这种戏剧性的场面很残忍。这种原始森林中的"军国主义"堪比欧洲正在进行的战争。

我们的房子位于迁徙蚁行军大道的旁边。夜里，鸡爪刨地的声音和鸡群奇怪的咯咯声让我们警觉起来，因为迁徙蚁通常在夜里蜂拥而出。时间迫在眉睫，我急忙跳下床，跑向鸡舍，打开鸡舍。几乎是打开鸡舍门的那一瞬间，鸡就飞出来了。再被关在里面，它们就会成为迁徙蚁的猎物。迁徙蚁会钻进动物的口鼻，令它们窒息，然后瞬间将它们吞噬得只剩一堆白骨。通常情况下，母鸡就做了这群强盗的猎物，公鸡会一直反抗，直到救援人员到达。

与此同时，我的妻子拿起墙上的喇叭，吹了三下。一听到信号，部落和医院里身强力壮的男子就会带着水桶赶过来，从河里打水，并将河水与煤酚皂溶液混合，洒在房子周围以及墙根处。在救援活动中，我们也遭受到那些迁徙蚁士兵的残酷攻击。曾经有一次，我被 50 多只迁徙蚁同时攻击。它们会用下颚死死咬住人的皮肉，使人很难摆脱。如果使劲拉扯它们，它们即使躯体撕裂，下颚依然还是紧紧咬着人的皮肉。要用特别的手段，才能将它们的下颚拔出来。这一幕幕的"战争戏剧"都发生在夜色中，发生在我妻子举着的灯笼的照耀下。最后，蚂蚁大军还是离开了，因为它们无法忍受煤酚皂溶液的气味。成千上万的蚂蚁横尸在煤酚皂溶液的汪洋中，乐得众人拍手称快。我们曾经在一个星期内遭到迁徙蚁的三次袭击。我现在正在看科亚尔传教士的回忆录，他在赞比西河流域也多次受到迁徙蚁的骚扰。

在这里，蚂蚁的迁徙时间主要是在雨季开始和结束的时候。中间这段时间，它们的侵扰会相对少一些。在体积上，它们不比欧洲的红蚂蚁大多少，但它们的下颚相对而言要发达得多，行进速度也要快得多。我见到的所有非洲蚂蚁，移动都非常迅速，这给我留下了深刻的印象。

## 9.2　医院变故

约瑟夫离开了我。战争爆发前，斯特拉斯堡一直给我提供经济资助。但是现在，我的经济资助断了，因此医院只能负债运营，我被迫将他的薪水从 70 法郎降至 35 法郎。我向他解释，我实在万不得已才做出了这个决定。尽管如此，他还是向我请辞，理由是"他的尊严不允许他为这么点薪水工作"。原本，他在我这儿存了用于买妻的 200 法郎，请辞时，他也清空了他的存款箱，拿走了那 200 法郎。在几个星期内，他就把这笔款项挥霍得所剩无几。现在，他与他的父母一起住在河对面的岸边。

现在，我只有恩肯杜尔一个帮手了。除了在心情不好的日子，他工作起来还是非常机灵的。在情绪低落的那几天，他就什么事都不愿意做。很多以前由约瑟夫做的事，现在只能我亲自来做。

在治疗溃疡引起的化脓病症方面，纯甲基紫帮了我大忙。甲基紫因一家叫作梅克申的染料厂出售的药水"化脓灵"而闻名。这种具有染料效果的有机化合物同时也有消毒杀菌的作用，这个突破性成果是斯特拉斯堡的眼科教授施蒂林在实验中发现的。

他把他制作的"化脓灵"给我，以便我用于医学实践。在战争来临不久前，他才来到这片土地。我原本对这个"化脓灵"是有偏见的，但它的效果非常好，使得我也非常乐意接受它原本让我很不舒服的颜色——蓝色。据我观察，甲基紫的特性是能够杀死细菌而不损坏皮肤组织，无毒、无刺激性。这些特性使它远远优于氯化汞、碘酒和苯酚。在丛林医生眼中，它是无可替代的。此外，据我观察，甲基紫可以显著促进溃疡面结痂的形成及伤口愈合。

在战争前夕，我就开始对那些看起来没有那么贫困的患者收取一些医药费。因此，医院一个月能有 200 到 300 法郎的总收入。虽然这只占到药物总开支的一小部分，但总归有些帮助。现在这片土地上已经没钱了，我必须给当地人免除几乎所有的费用。

战争也阻碍了一些白人的归国之路，他们不得不因此滞留在赤道非洲四五年之久。有些人已经到了山穷水尽的地步，按照奥果韦当地人的说法，不得不到我的医院来"休息和康复"。然后，这些所谓的患者就和我们在长达数周的时间里待在一起。有时，两三个人一起结伴来寻求"康复"。我就不得不腾出卧室，睡在装了防蚊铁丝网的阳台上。事实上，我并没有做出很大牺牲，因为阳台比房间通风更好。对于这些来医院"休息和康复"的人而言，起作用的并不是我的药，而是我妻子准备的可口的病号餐。那个时候，我不得不制止那些从洛佩斯角湾远道而来的所谓病人来我医院吃病号餐。我认为只要洛佩斯角湾还有医生，他们就应该在那里接受治疗。值得庆幸的是，我还存有挺多可供患者服用的浓缩奶粉。在这期间，我还和一些白人病人交上了朋友，其中有的人已经在这里居住了很久。通过和他们聊天，我对这片土地和殖民问题总有新的发现。

### 9.3　原始森林、牙痛与精神活动

　　我们的健康状况算不上糟糕，也算不上很好。但是，我们身上已出现了热带贫血的症状。这种病症让我们极易疲劳。我从医院回到山顶的家中，仅仅需要四分钟，但这就已经让我筋疲力尽了。此外，我们也感觉到，热带贫血给我们带来了莫名的焦虑。还有一点，我们牙齿的状态也非常不好。我和妻子互相给对方做暂时性的补牙。我妻子的牙齿还好，我还能或多或少地帮她减缓疼痛。但是，我的牙痛就不是一般人能够缓解的了，因为我有两颗无药可救的蛀牙必须要拔除。

　　关于原始森林中的牙痛这个话题，有太多故事可以讲。几年前，我认识的一个白人再也忍受不了牙痛的折磨，于是，他对他太太说："老婆，帮我把工具箱里的小钳子拿过来！"然后他躺到地上，他的妻子跪在他身边，尽她所能用钳子紧紧夹住蛀牙。男人用手攥住他妻子的手，帮忙用力拔牙。这颗牙齿竟然由于他们夫妻俩所施加的猛烈夹力，而被完整地拔了出来。

　　我尽管很容易疲劳和贫血，却仍然保持了充沛的精力。如果一天的工作不是特别紧张，那么我会在晚饭后花两小时的时间，来研究人类思想史上的伦理学和文明史。我需要的书籍难以从欧

洲带来，所以我就从苏黎世大学教授施特罗尔那里借书。我的工作状态还真有些神奇。为了尽可能地吹到晚上的微风，我把书桌搬到通往阳台的栅栏门旁。棕榈树发出轻柔的沙沙的声响，伴随着蟋蟀和蟾蜍此起彼伏的叫声；丛林里传来野兽难听的、令人毛骨悚然的叫声。我们忠诚的家犬卡兰巴在阳台上发出轻轻的咕噜声，以吸引我的注意力；在我脚边的桌子底下，匍匐着一只小羚羊。在这种孤寂里，我试图整理 1900 年以来那些打动我的思想，希望能对文化的重建有所帮助。丛林里的孤独，你给予我的，我该如何感谢呢？

中餐和下午工作之前的时间，以及周日下午的时间，都被我奉献给了音乐。虽然时间很短，但是我也感受到了隐遁避世的幸福。相比于以前，我能更轻松地学习巴赫的管风琴作品，也能更深刻地理解这些作品的内涵。

要想在非洲立足，脑力劳动是不可或缺的。受过教育的人比没有受过教育的人更能忍受丛林里的生活，因为前者拥有后者不具备的修身养性的方法。人们听到这个观点，可能会觉得它与众不同。当人们读到一本严肃的书时，就不会整天纠结于对付不值得信任的原住民和动物入侵，而是再次成为一个有思想的人。如果没有书籍，人就不能经常自省，不能汲取新的力量。在非洲，乏味到可怕的生活足以把一个人摧毁。

最近，有一位白人木材商人来拜访我。回程时，我把他送到岸边，并询问他在接下来两天的行程中是否需要我借给他一些书籍作为消遣。他说："非常感谢你，不过我已经有所准备。"然后他给我展示他放在独木舟长椅上的书，竟然是雅各布·伯梅的《极光》。这本书是这位生活在 17 世纪初的德国鞋匠和神秘主义者的代表作。这样的一本书陪伴了他全部的行程。众所周知，几乎所有经常往来非洲的旅客的行李里都装有"晦涩难懂的书"。

这里的报纸让人难以忍受，报纸内容只涉及每天的日常琐事和一些无用的话。阅读这些文字让人有种时间好像静止了的感觉。无论我们是否愿意，在这里，我们产生了这样的印象，即每天的经历都是重复的。自然是万能的，而人类什么都不是。因此，黑人们的世界观明显反对欧洲人的虚荣和自大。就算是几乎没有受过教育的人，也有这种世界观。黑人们觉得太不可思议了——在地球某一端的人们竟然相信人类才是万能的，而自然什么都不是。

## 9.4　对战争的理解和感受

目前，战争的消息能够比较规律地传到这里。大约每隔 14 天，有关战争的电报，即当日新闻的节选，就会从恩乔莱（从利伯维尔通往内地的最大容量的电报线路会经过恩乔莱）或者从洛佩斯角湾发送到这里。当地的区长会派一名黑人士兵将消息传到工厂和它附近的两个传教站。人们读电报时，士兵就在旁边等着。然后所有人在接下来的 14 天，只是笼统地想象着战争的情况。我们简直难以想象，这些人怎么会有心情，每天那么激动地谈论那些战争报道。但是我们一点都不羡慕他们。

这些天，有个消息在当地几乎是众人皆知。那些从奥果韦回到欧洲履行兵役的白人中，已经有 10 人死于战争，这给当地人带来了很大的触动。一位帕豪英族老人说："都已经死掉 10 个人了，为何所有部落不聚集在一起商谈结束这个无休止的纠纷呢？双方能负担得起这么多人的赔偿金吗？"在当地人的战争中，无论是战胜方还是战败方，都会为对方的阵亡者支付赔偿金。

每当有邮件到达的时候，我的厨师阿洛伊斯总会叫住我。"医生，还在打仗吗？""是的，阿洛伊斯，战争仍在继续。"于是，他就悲伤地摇头，喃喃自语道："哦——哦——"他是那些一想到战争就悲伤的黑人中的一位。

现在我们都非常节约从欧洲运来的食物，土豆都成了稀罕的东西。不久前，一位白人派他的仆人送给我们几十个土豆。于是，我推测出一个结论：他应该是身体不舒服，想来我这里寻求帮助。事实果然如此。

自战争爆发以来，我们已经习惯吃猴肉了。一名传教士雇用了一名黑人猎手，他会定期给我们送来猎物。这名猎手经常猎杀猴子，因为猴子是森林里最容易被猎到的动物。

猴肉的味道有点像羊肉，但偏甜。人们可能会因此想到进化论，就像某些人希望的那样。放下对于吃猴肉的偏见，其实很难。最近，一位白人对我说："医生，吃猴肉就是食人的开端。"

在夏季快结束时，我们终于能够与来自萨姆基塔的莫瑞尔传教士夫妇在洛佩斯角湾共度几周时光。一家贸易公司在他们的一所工厂里为我们提供了三间房子，因为他们的几位员工在生病时，曾经受到我们悉心的护理和热情周到的照顾。海风确实对人们恢复健康有奇迹般的功效。

# 10 传教

兰巴雷内，1916年7月

## 10.1 原住民与基督教

　　旱季到了。晚上的时候，我们去河床的大沙洲散步，享受流动的河水带来的清新的微风。医院比平时安静一些，因为部落里的人都去参加大规模的捕鱼活动了。捕鱼期过后，新的病人又会到来。我就利用这段空闲期来记录我在传教工作中的点滴感受。

　　三年多来，我一直住在传教站所辖的区域里，也经历了很多。那么，我是如何看待传教的呢？

　　原始森林中的人从基督教中获得

了什么？基督教又是如何被传向这些人的呢？在欧洲时，我总认
为，基督教对这些原始人群来说过于高深了。这个问题曾经让我
感到不安，而现在，出于自己的经历，我会肯定地回答："并非
如此。"

最近我注意到，这些自然之子比我们通常认为的更有思想。
虽然他们不能读写，但他们思考的事情，比我想象的多得多。我
曾经与那些上了年纪的原住民在医院里讨论有关生命的终极问
题，他们的想法深深触动了我。当我们讨论的问题涉及自我、人
类、世界和永恒时，那些横跨在白人与黑人之间、受过教育的人
和没有受过教育的人之间的鸿沟就消失了。有一位白人说："因为
黑人不看报纸，所以他们的思想比我们的更深邃。"这是一个蕴
含着真理的悖论。

也就是说，当地原住民对基督教的基本教义有一种天生的接
受能力。然而，基督教的历史对于当地原住民而言，却遥远而又
陌生。他们的世界观与历史无关，所以很难衡量耶稣伴随我们
走过的那些历史岁月。基督教所传达的信念——人们该以何种
方式做好拯救世界的准备，并以何种方式实现耶稣拯救世界的计
划——对他们而言也是难以理解的。然而，他们却对这种拯救有

基本的认识。基督教就是在黑暗中闪耀的光芒，将他们从不安中
拯救出来，让他们不再惧怕自然的神灵、祖先的灵魂和物神的力
量，也不再惧怕有人拥有控制他人的邪恶力量。基督教让他们相
信，上帝的意志控制一切。

"我被束缚在沉重的项圈里，是你的到来解脱了我。"

没有任何言语能像保罗·格哈特所写的《圣歌》这样，将基
督教对于原始民族的意义表达得如此清晰。每当在传教站参加礼
拜仪式时，我总是不断想起这句歌词。

众所周知，当地原住民既不希望进入极乐世界，也不恐惧死
后堕落于地狱。这些大自然的子民并不惧怕死亡，而是将其视作
自然而然的事情。但是，他们相当害怕中世纪基督教教义中所描
述的审判。相比于那些残暴的审判，他们觉得教义中有关伦理的
描述更贴近他们生活的现实。他们认为基督教是耶稣关于生死和
世界的道德观，是关于上帝王国和恩典的教导。

这群原始人是隐藏着的道德理性主义者。他们对基督教教义
中关于真善美和其他方面的描述有着天然的感知能力。我敢肯
定，卢梭和启蒙时代的其他思想家把这些自然之子描述得过于理
想化了。不过，有些描述还是真实的，例如他们认为这些自然之

子是善良的、理性的。这在一定程度上与事实相符。

就算人们非常清楚地了解到，当地原住民有着很强烈的传统迷信和传统法律概念，人们也不会觉得自己就能够描绘出他们的思想世界。其实，黑人不是沉迷于这些观念，而是隶属于这些观念。他们的思想里传承着模糊的原始印象，他们对于真善美的直观感受很可能就是通过不断思索那些模糊的原始印象而产生的。在这个基础上，他们一旦了解到基督教中更高级的道德观念，就能将那些原本无法言说的东西用言语表达出来，将那些被禁锢的东西解放出来。与奥果韦地区的黑人相处时间越长，我的这种感受也就越强烈。

也就是说，通过耶稣的拯救，当地人获得了双重解放——从充满恐惧到无所畏惧，将无伦理的世界观转变为有伦理的世界观。

有一次，我在兰巴雷内的棚屋学校（这所学校也是当地教堂）里传教。当我讲到耶稣在山上运用各种比喻对门徒训诫那一段时，当我说到保罗·格哈特所写的《圣歌》歌词"我被束缚在沉重的项圈里，是你的到来解脱了我"准确描述了我们现在所处的精神世界时，我前所未有地感觉到，耶稣的思想是如此令人震撼。

## 10.2　原住民的开化

　　黑人成为基督徒，要信仰到何种程度才会成为不一样的人呢？在洗礼仪式中，他们已经发誓放弃所有的迷信。但是他们自小的生活和社会关系都与迷信紧紧绑在一起，这个转变不可能一蹴而就。转变过程中，会出现大大小小的倒退。许多人对他们的风俗习惯持悲观态度，认为他们不可能马上从迷信的风俗习惯里解放思想，我的观点略有不同，我认为最重要的是尽可能地让他们明白，在这些风俗习惯背后什么都没有，也没有鬼怪。

　　当一个当地婴儿在医院降临到这个世界时，他和他的母亲会被人在身上和脸上涂上白色涂料，看起来十分吓人。几乎所有的未开化民族都有这个仪式。通过这种方式，人们想要恐吓或欺骗可能危害到幼小婴儿和虚弱母亲的恶魔。我并不反对这种做法。有的时候，在孩子即将诞生时，我也会提醒："别忘了涂白哦！"在某种程度上，对他们的神灵和原始崇拜的善意调侃比反抗他们的热情更奏效。恕我冒昧地提醒，我们欧洲人也依然保留了许多源自非基督教思想的习俗。我们也没法给这些习俗一个合理的解释。

当然，转变后的伦理观也可能有不完善之处。为了公正评价黑人基督徒，人们必须区分他们那来自心底的真正良知和来源于社会的值得尊敬的道德观，了解到他们经常忠实于前者是很令人高兴的。人们必须要在他们中生活过，才会知道，一个黑人基督徒要放弃自己复仇的权利，即使是血海深仇也要放弃，这到底意味着什么。我总觉得，非洲人比我们欧洲人要善良。当然，基督教能进一步培养出更加高尚的性格。我相信，在与当地原住民接触后，感到羞愧的白人肯定不止我一个。

相比于去实践基督教爱的教义，消除习惯性的说谎和偷窃，并成为一个基督教教义里可靠的人，对黑人而言更有必要。我斗胆说一个矛盾的点——那些转变了伦理观的黑人，更大程度上是一个具有道德感的人，而不是一个真正正派并真诚的人。

有一点很少被提及，而我们应当正视这一点：我们应该尽可能少地引诱他们。

当然，原住民基督徒中也涌现出了杰出的道德人士。我几乎每天都和一位这样的人士在一起，他就是我们男子学校的一名黑人教师——奥叶保。我认为，他是我认识的最高尚的人之一。

"奥叶保"这个名字的意思是"歌"。

　　为何那些商人和官员会轻蔑地评价黑人基督徒？我在这次的乘船旅程中，就听两名乘客说，他们原则上不会雇佣黑人基督教徒作仆人。他们认为，当地黑人在文明开化的过程中出现一些不良行为是因为有了基督教信仰。很多年轻一代的基督徒都毕业于传教站的教会学校，他们在接受教育时，也多次经历了危机的考验。因此，他们自以为能够很好地胜任某些工作，不愿意再被视作"普通黑人"。类似的事情也发生在我自己的仆人身上。我曾经有个叫阿佟本古涅的仆人，也是恩戈莫的最高年级的学生，他在学校放假期间来我这里打工。最初的几天，他就一边在阳台洗餐具，一边翻看旁边的一本教科书。我的夫人不禁感慨："这是一个多么乖巧好学的男孩子啊！"后来我们才意识到，他翻开旁边的教科书，不仅想表达学习的刻苦，同时更想示威。这个 15 岁的男孩子想通过这样的方法让我们明白，他做这个工作实在是太大材小用了，他早就不应该被看作像其他仆人一样的人了。最后，我实在无法忍受他的傲慢，不得不有失温和地辞退了他。

　　许多殖民地政府没有兴办学校，并且他们信任教会，所以在许多殖民地，几乎所有的学校都是教会学校。在被开化的过程

中，一旦当地黑人中出现不良现象，人们就难免将这些不良现象
与教会学校的教育联系起来，并将矛头指向基督教。然而，白人
却常常忘记感谢教会。在一次汽船航行中，坐在我对面的一家大
型贸易公司的经理总是当着我的面指责教会，我就问他："您聘用
的那些训练有素的黑人秘书和黑人职员是谁培养的？您在奥果韦
本地能聘到会阅读、会写字、会算数的当地人，而且其中有些人
是值得信赖的，这是谁的功劳呢？"他只得沉默不语。

## 10.3  传教站的生活

传教站是如何运作的？传教站是如何构成的？

在欧洲，人们认为传教站是森林里的乡村基督教牧区。真正
的传教站比这个规模更大、更复杂，不仅是主教的居住地，也是
教学中心、农业企业，甚至是市场。

一个普通的传教站包括：一名担任站长的传教士、一名负责
所在区域的福音传道工作的传教士、一名兼任男子学校老师的男
性传教士、一名兼任女子学校老师的女性传教士和一两名兼任手
工匠的传教士，如果可能的话还包括一名医生。只有这样规模的
传教站才能够做些值得注意的事情。如果缺少相应的配置，传教

站就是不完整的，只会耗费人力和财力。

举个例子：在我刚开始工作的塔拉谷哥有位出色的美国传教士——福特先生。他和他的夫人以及孩子住的房子是建在地桩上的，蚊子可以通过地板的缝隙钻进来，它们携带热病病毒，危害健康，因此房子到了不得不修复的地步。但他的传教站缺乏兼任手工匠的传教士，所以福特先生只能亲自干这个体力活，这大概耗费了他两个月时间。在此期间，这片区域都没有人做传教工作。而一个工匠用三个星期就可以完成这项工作，而且还能做临时的修理工作。这种由传教站人员短缺、功能不完善以及资金缺乏而引发的不便事例成百上千。

在热带地区劳动，人的体力只相当于在温带地区时的一半。从一件工作转换到另外一件工作时，人的体力会极大地消耗，即便休息后能够恢复，体力也不再充沛。因此，必须有严格的劳动分工，但在一些状况下，当有人员出现体力不支时，每个传教士都必须能够接替他所有的工作。如果一个传教士不能同时对做工匠、种植农作物或者治疗患者的工作很在行，那么他对传教站而言就是多余之人。

福音传教士本不应该参与站点的运作。他每天都应该是自由

的，去探望或远或近的村庄。而且他不应该被束缚、被要求某天
一定回到传教站。在旅途中，如果有不在行程安排中的村民想聆
听福音，他不能说他没有时间，而是要在当地逗留两三天，甚至
一周的时间。两周的时间里，他不断地穿梭于河流和林间小径
中，这一切都会让他疲惫不堪。当他回到家中，一定要休息一段
时间。

如果福音传道的次数太少或者太过匆忙，那这就是几乎所有
传教站的苦难。造成这种混乱状况的往往是人员的缺乏或者传教
站的分工不合理。这也导致传播福音的传教士兼任传教站的管理
工作，而站长也会去旅行传道。

传教站站长不仅主持传教站和邻近几个村庄的礼拜，同时也
要监督学校及传教站种植园的运转。原则上他一天都不能离开传
教站，因为他要全面负责传教站的工作，并随时可以联络上，以
便及时沟通。他最日常的工作是掌控市场的运转。在市场交换物
品并不是为了获得钱财，而是为学校、工人、传教站的船夫和我
们自己谋求食物。只有当原住民知道在我们这里可以找到好货，
他们才会定期拿木薯、香蕉和鱼干来交换，因此传教站必须要有
一家商店。每星期有两三次，当地人来到传教站，带着他们种

植的果实和捕捞的鱼来交换盐、钉子、煤油、钓具、烟草、锯、刀、斧子和毛巾，酒我们这里是没有的。传教站站长一上午的时间就这样度过了。此外，他要及时从欧洲增订补货，正确计算并保留票据，给工人和船夫支付工资，还要注意监督传教站的种植园的工作，传教站站长需要耗费多少时间和精力啊！如果他没有及时订购并买入商品，那么这会带来何种程度的损失！比如，当人们想铺设房顶时，却没有干燥的、缝合好的酒椰棕榈叶；当人们想建房子时，却没有房梁和木板，也错过了制砖的最佳时期；或者如果他疏忽了，没有将储存的干燥的鱼干及时熏制好给学校的学生，在某个早上他就会突然发现，鱼干已布满小虫并坏掉了。所以说，传教站是有序低成本还是无序高成本地运转取决于站长的工作。

举个例子来说吧！多年来，有一所传教站的历任站长都不懂培养和种植作物，总是不能正确地修剪咖啡树。他们任由这些咖啡树长得非常高大，以至于那些咖啡树不能正常结果，人们不用梯子都无法收获果实。现在，我们必须砍倒地面上方的部分。可是等到树梢发芽并正常地结出果实，还要好几年。

此外，站长经常要调查多发的盗窃案。虽然这也许并非他本意，但也拓展了他侦探的才能。所有发生在传教站内的黑人的纠纷都需要他出面仲裁。他必须公正评判，不能偏颇。他要耐着性子连续几个小时认真听那些枯燥的争论，否则他就很难做出公正并令人信服的判决。如果有独木舟从其他传教站点过来，他就必须安排好船夫的住宿和饮食。当河流上汽船的警笛声响起时，他必须乘坐独木舟到达汽船着陆点，接收邮件和装有商品的箱子。

同样的，在市集日没有采购到足够的粮食这样的事情也时有发生，这就意味着必须安排独木舟去遥远的村庄获得口粮，这个行程可能需要两三天。对哪项工作能置之不理？如果船空着回来，意味着还要去另外一个遥远的村庄……

出来宣讲耶稣基督的福音是一件多么不浪漫的事情啊！如果没有学校里早晨和晚上的祷告、周日的礼拜，那么站长就几乎忘记了他最原始的身份是传教士。但是，也正是他在日常琐碎的活动中展现的基督徒的亲切和善良，才真正发挥了基督徒最大的影响力。没有任何一件事情能比这种无言的传教方式更能影响一个社群达到的灵性水平。

## 10.4　传教站的学校

　　现在来简单讲讲教会学校的情况。兰巴雷内教区覆盖了方圆几百公里的村庄。孩子们来到学校接受教育，不可能再和遥远的父母住在一起，也不能奔波于学校和家之间，孩子们必须住在传教站里。10 月份，父母把孩子们送过来，来年 7 月份大规模捕鱼期开始时，再将他们接回去。因为传教站要照顾孩子们的食宿，所以不论男生还是女生，都要做些劳动。

　　学生们一天的日程安排如下：早晨 7 点至 9 点割草或砍伐灌木，防止原始森林扩大并侵扰到传教站。他们经常是刚割完一端，就开始割另外一端疯长出来的杂草。9 点到 10 点是休息时间，孩子们在一个很大的顶棚下按照黑人的方法烹调香蕉。每五六个人共享一口锅和一个火堆。饭后的上课时间是 10 点到 12点，12 点到 1 点的休闲时间通常用来洗澡和捕鱼。下午的学习时间是 2 点至 4 点，然后是一个半小时的劳动时间。学生们帮忙种植可可树；男孩子给工匠传教士帮忙，造砖、运输建材或者做些土木工作。结束后领取第二天的食物。6 点钟开始晚上的祷告，然后吃晚饭，9 点钟钻入蚊帐下，躺在平板床上入睡。周日下午划独木舟，女教师和一群女学生们一同出行。在旱季时，孩子们就会在河床裸露的沙洲上玩耍。

当传教士出门旅行传讲福音时，或者有事必须用到独木舟出行时，这些男学生必须充当船夫，离开学校一周甚至更多时间。这也是令男子学校苦恼的原因。究竟到什么时候，才能在每个传教站都配备有马达的小船？

## 10.5  洗礼、天主教与新教

传教士是否也应该接受全面的神学教育？答案是肯定的。一个人的精神世界越丰富，兴趣越广泛，就越能忍受住在非洲的生活，否则他很容易被"黑人化"。所谓黑人化，即丧失主见、失去精神上的活力，就像黑人一样为点小事计较和争论不休。全面的神学教育，相比于一点点神学教育，对于传教士来说会好得多。

某些情况下，人们即使没有接受神学教育，也可以成为一位优秀的传教士。菲利·福尔先生就证明了这一点，他现在是我们的传教站的站长。

福尔先生在欧洲时是一名农业技师，主要是为了指导传教站的农业种植工作而来到奥果韦河流域。随着时间的流逝，他证明了自己作为一名传教士和福音布道者是多么出色。相比于一名专业的农业技术人员，他作为一名传教士好像更专业。

我不是很赞同这里洗礼的方式。这里原则上只为成人洗礼，只有曾经受过一些考验的人，才能被基督教教区接收。这固然是正确的，但是教会能够通过这样的方法建立一个坚固而广泛的群众基础吗？难道教会的任务仅仅是把品行毫无瑕疵的成员聚集在一起？我认为，教会必须考虑吸收更多信徒。在欧洲，基督教夫妇的孩子从小接受基督教的影响。如果基督教也为当地黑人的孩子洗礼，那么他们就很有可能成为虔诚的基督教教徒。当然，或许他们中也有人虽然自小受基督教影响，却没能表现出与教义相符的行为。但也有很多很多的人将成为忠实信徒，恰恰就因为他们从小隶属于教会，能经受住当地风俗的影响，或者说他们能经受住危险诱惑的考验。为婴儿洗礼的问题，曾在早期引发教会的思考，今天又再次成为现实的问题。如果我们要在奥果韦地区为婴儿洗礼，肯定会遭到几乎所有的本土福音传道士和教会长老的反对！

基督教传播过程中遭遇到的最严重问题是：它对外以天主教和新教两种姿态出现。如果它们之间没有差异，教会之间也没有竞争，都是在耶稣的名义下出现，那该有多好啊！在奥果韦地区，两大教派的传教士以公正合理的方式对待彼此，甚至有时关系很友好。但是让原住民感到迷惘，同时也在一定程度上损害了福音事业的竞争仍然没有消除。

作为一名医生，我常常来到天主教传教站工作，所以比较清楚那里是如何进行福音传教和教育工作的。从组织架构上而言，我认为天主教在某些方面比新教更胜一筹。如果要我定义二者追求的不同目标，那么我认为，新教更加追求基督教人格的教育，而目前天主教着眼于夯实教会的基础。新教内在的使命和目标高于天主教，但在现实的考量方面比天主教少。为了传教和教育工作能够长期开展，教会必须建立很牢固的教堂力量，而这当然主要依靠基督教家庭的后裔，这是来自各个时期教会历史的经验。新教的伟大之处也是其弱点所在：它更注重宗教人格的培养，却也弱化了教会的力量……

美国传教士最早在这里传教，法国传教士在这里延续这项事业，我对他们感到由衷的敬佩。他们的福音传教和教育使当地人逐渐拥有文明人和基督徒的高尚品格，也使那些坚决反对传教的人归信，耶稣的教义也能被原始民族接受。现在，在白人的贸易给当地的自然之子带来风险和问题之前，他们只需要增加人员和资金，去促进新一批传教站的建立，去更好地教化当地原住民。

这一切在可预见的未来能够实现吗？战后，传教工作又将如何开展？受到摧残的欧洲人该如何为全世界的精神层面的活动提供支援？另外，传教应该具有国际性，但是由于战争，与国际有关的所有事务在很长时间内都很难恢复和开展。也是因为战争，白人在黑人面前的精神权威受到重创，全世界范围的传教自然也会深受影响。

# 11 尾声

## 11.1　作为医生的最后见闻

我们在兰巴雷内工作了四年半时间。去年春秋之间炎热的雨季，我和妻子是在海边度过的。有一位白人，对我极其虚弱的妻子感到非常同情，为我们提供了一个住处。它位于奥果韦河的入海口，距离洛佩斯角湾两个小时船程。在木材交易期，这所房子是守护停泊在这里的原木的工人的住处，在非木材交易期的日子里它就空着。我们永远也不会忘记这位白人的恩情。在寂寞无聊的日子里，我们的主要食物来源就是海上捕捞的鲱鱼。洛佩斯角湾的鱼量之丰盛，真让人意想不到。

房子周围是几处小木屋，在木材贸易蓬勃发展的时候，白人工人就在这里居住。现在，这些逐渐倒塌的木屋成了一些流动的黑人的歇脚之处。我们到达后的第二天，我就去小木屋看过是否还有人住在那里。我呼喊时，没有人应答，我挨家挨户地打开屋门。在最后一间木屋，我看到有个男人躺在地上，头几乎已经没入土里，身边围着许多蚂蚁。他是一名昏睡病患者，我猜想是几天前，他的家人无法再继续带着他，所以把他丢弃在了这里。虽然他仍有微弱的呼吸，但我已无计可施。在我忙着照顾这个可怜的人时，我透过木屋房门向外一瞥，就看到茂密的绿色森林幕布环绕着魔幻般美丽的蓝色海湾，泛光的海面反射着夕阳，深邃而神秘。这个瞬间，我既看到了天堂般的美景，又经历着绝望的痛苦，既感到震撼又心情复杂……

从兰巴雷内回来后，我发现手头有许多要做的事情。但是工作没有吓到我，我依旧精力充沛。在这期间，我要治疗大量痢疾患者。我们这个地区的搬运工被征调到了喀麦隆军事殖民地，许多人都感染了痢疾。皮下注射依米丁这种所谓过时的治疗方法，在这次治疗中，依然有显著效果。

在这次征调中，我有个叫作巴西莱的病人，他患有严重的足部溃疡，但依然主动要求被征调，因为他的兄弟也被征调了，他想陪伴他孤单的兄弟。我告诉他，四天后他的脚就会走不了路，他会死在丛林里。我说什么他都不听，最后我采用了强制的手段才阻止他。

我碰巧目睹了那些被征调的搬运工从恩戈莫乘船被送往海港再出海来到喀麦隆的过程。现在这些黑人真正切身感受到什么是战争了。在妻子们的哀叹声中，汽轮起航了，冒出的烟逐渐消失在天际，人们渐渐散去。有一位老妇人在岸边的石头上低声抽泣，她的儿子也被带走了。我拉着她的手，试图安慰她。她没有理会我，继续哭泣。突然间，我也感同身受，和她一样，在夕阳的余晖中默默地流下了眼泪。

在那些日子里，我在杂志上看到一篇文章，有这样一句话："因为人类对名利的渴望是内心根深蒂固的需求，所以永远会有战争。"颂扬战争的人们，永远觉得兴奋或者认为是在自卫，他们过于理想化了。或许他们只有来到非洲，在丛林看到搬运工由于过度劳累倒在小路上，孤独地死去时，才会幡然醒悟并反思自己身上的问题。

## 11.2  在非洲执医四年半后的思考

首先，它证实了，我从科学和艺术的世界投入原始森林的怀抱，是正确的选择。我的朋友们为了阻止我，曾对我说："那些生活在大自然怀抱里的原始人不像我们一样总生病，即使生病也不像我们那样痛苦。"但我的所见所闻告诉我，情况并非如此。欧洲的大多数疾病，在这里也存在，许多恶性疾病甚至蔓延得更加严重。这些自然之子跟我们一样感受着痛苦，因为人类注定要承受"疼痛"这可怕之神的暴力。

在非洲这片土地上，到处都有人经历着巨大的身体上的痛苦。仅仅因为欧洲的报纸没有谈论它，我们就可以视而不见吗？我们都被宠坏了。如果我们有人生病了，医生马上就出现在眼前；需要做手术，诊所的大门立即就打开了。但欧洲的人们怎么能想象：外面的世界有千千万万的人在忍受疾病之苦，却没有希望获得帮助；每天都有成千上万的人本可求助于医学，却仍在病痛中煎熬；在那无数遥远的小木屋里充满了我们本有能力消除的绝望。我们能够想象，在没有医生的情况下，自己生病卧床在家

10年的日子吗？一想到这些，即使在睡梦中，我也不免被身上的责任惊醒。

在遥远星空下为医治病人而努力，这是我毕生的任务，这不仅是出于耶稣和宗教的仁爱和慈悲，也是出于我们最基本的思想和信念。我认为，我们对黑人所做的事并不是"恩惠"，而是我们不可推卸的职责。

## 11.3　丛林医生的呼吁

世界各国的白人，自从发现了非洲遥远的国度，对这些黑人都做了些什么？多少欧洲人以耶稣的名义来到这片土地上，导致非洲多少种族灭绝，又导致多少种族在慢慢萎缩？几个世纪以来，他们忍受欧洲人的不公待遇和暴行，又有谁把这些诉诸笔墨并公之于众呢？谁能够想象，我们给他们带来的烈酒和恶性疾病，又给他们带来了多大的痛苦和灾难？

如果历史能将白人和其他民族之间发生的一切事情记录成卷，书中的内容，不论过往还是现在，都会有许多篇章因为内容太过悲惨，让人不忍卒读。

我们白人和我们白人的文化背负着深深的罪孽。我们压根就不能自由决定是否该对他们行善，而是必须这样做。即使我们对他们做善事，也并不是慷慨，而是赎罪。他们中每个承受苦难的人，都应该获得我们的帮助。即使我们尽力了，仍不能弥补我们罪恶的千分之一。所有这些都是"慈善事业"必须考虑的基础。

也就是说，所有殖民国家的国民必须知道，除了拥有殖民地所有权之外，他们更要承担人道主义责任。当然，所有国家都要帮助其国民承担赎罪的义务。但是只有在社会观念达成共识后，这才能行得通。单靠政府无法完成人道主义任务，因为本质上，这个责任属于整个社会和全体个人。

在人员和殖民地预算允许的前提下，国家应该尽可能多地向殖民地派出医生。显而易见的是，殖民国家的力量仍没有强大到提供足够的医生来填补岗位。因此，人道医疗救援工作就主要落到了社会和个人身上。我们需要有医生自愿走到黑人中间，在危险的气候中承受远离家乡和文明社会所带来的一切。我可以根据自己的经验告诉这些医生：你们所付出的，会因为你们做的善事而获得丰厚的报偿。

事实上，偏远国家的穷苦病人所付的医药费一般无法满足这些医生的工作及生活开支，所以这些医生必须争取到家乡人的接济。这个责任就落在了我们所有人身上。可是，在社会普遍意识到并认可这点之前，谁首先去做这项伟大事业的后勤保障工作呢？只能是同样经历痛苦的人，因为他们拥有相同的记忆。他们是谁？

## 11.4　拥有同样痛苦记忆的人

那些经历过身体上的痛苦和恐惧的人，尽管身处世界的不同地方，彼此却心灵相通，一条神秘的纽带将他们连接起来。他们都知道恐惧的滋味，也知道渴望摆脱痛苦的滋味。从痛苦中挣脱的人，并不能自以为是地高枕无忧，无拘无束地回到之前的生活中。因为对那种疼痛和恐惧感同身受，他会尽其所能地帮助患者摆脱它们，像当初他被拯救一样去拯救他人。

那些依靠医生的帮助从重病中获救的人，必须给其他病人提供帮助。如果那些病人没有医生救治，就正急需这样的帮助者。

那些通过手术才从死亡和痛苦中获救的人，必须给其他的治疗机构提供帮助。他们可以用慈悲的麻醉剂和治病救人的手术刀开始他们的工作。

那些得以保住自己的孩子而免于让他们归于冰冷大地的母亲

们，她们也必须帮助那些从未见过医生的母亲们，因为她们曾经从痛苦中被解救出来，同样的，她们也应该帮助在非洲的母亲们从痛苦中解放。

在那些致命的疾病变得可怕的时候，医生的医术却使这种病痛减轻。那些受到这样帮助的绝症患者也必须设身处地地帮助和他们有同样遭遇的人，使他们获得最具感情的安慰。

这些就是从疼痛中领悟出来的兄弟之情、同袍之义，是医学人道主义在殖民地的使命。作为这一事业的受委托之人，医生应该以人道主义之名走出去，去远方给患者治愈病痛。

我这里表述的理念，迟早会征服世界，因为它那势不可挡的逻辑不仅符合理性，也发自内心。

但是，现在是将这个理念推向世界的时机吗？欧洲被战争蹂躏过后，处处是一片凋零之景象。无论走到欧洲的什么地方，人们都在承受苦难。我们怎能顾及遥远的未来？

真理的到来是不分时机的。它随时可能到来，甚至有时是在最不合适的时候。如果对即将来临的困境和对别人困境的担心能把人们从心不在焉的状态中唤醒并萌生一种新的人道主义精神，那么这两者就能够相辅相成。

　　但是不要说："就算承受过痛苦之人间的兄弟之情一会儿驱使某个医生到这里去，一会儿又驱使另一个医生到那里去，相比于世界上的痛苦而言，这又算得上什么呢？"根据我自己和其他殖民地医生的经验，我认为：就算是只有一个医生，而且只有少许资金，对于很多承受病痛的人而言，也意味着很大的帮助。人们在当地实现的功德会超越人们做出的牺牲，人们在行善中获得的价值相比于付出也会高出数百倍。仅仅用奎宁和砷治疗疟疾，用新肿凡纳明治疗各种锥虫相关的溃疡，用依米丁治疗痢疾，以及用药物和医学知识做紧急手术，在一年中就能将多少绝望地屈服于命运的患者从死亡和痛苦的暴力中拯救出来！这些外国药物在过去 15 年取得的进步，正好就给了这片遥远大陆的人们远离痛苦的神奇力量。这难道不就是给我们医务人员的赞誉吗？

　　1918 年以来，我的健康状况频频亮起红灯。在接受两个手术后，我的身体终于恢复健康。在我通过管风琴音乐会和讲座筹集到资金，并还清战争期间我在非洲工作时欠下的债务后，我做出决定，回到这片遥远大陆，继续为病人解除痛苦，虽然我的事业由于战争而变得支离破碎，恢复到我刚刚着手建立时的状态。来自世界各国的朋友们为了保证这项事业能够继续，跟我一起做了很多事，但我们却因为世界上正在发生的这件大事[1]而失去了联系。有些原本还能提供援助的朋友，也因为战争变得贫穷。而且，在全世界募捐资金也很困难。资金缺口比战争前要大得多，因为现在的费用是之前的三倍。因此，我指望企业能够提供一些帮助。

尽管如此，我还是保持着勇敢之心。我所看到的苦难，给予我力量，对人类的信任让我保持希望。我相信，我会找到足够的、愿意提供帮助的人，因为他们曾被从身体的痛苦中拯救出来，他们了解那种苦楚，也一定会帮助同样遭受不幸的人们……我衷心希望，将有越来越多的医生，本着从痛苦中领悟到的兄弟之情、同袍之义，被派往世界各地。

1920年8月于斯特拉斯堡圣·尼古拉斯教堂

---

1. 即第一次世界大战。——译者注。